Twilight-Line Medien GbR
Obertor 4
D-98634 Wasungen

www.twilightline.com
www.chroniken-von-tilmun.de

1. Auflage, Juni 2019
ISBN: 978-3-944315-85-0

4

CHRONIKEN VON TILMUN

Science Fiction Saga

BAND 12

Alexander Knörr

GEFANGEN AUF TILMUN PRIME

Die Chroniken von Tilmun

Prä-Astronautik-Science-Fiction-Serie

Beatenberg, Schweiz

Die kleine Gruppe saß vergnüglich im Gastraum des „Stübli", einem der Restaurants im malerisch gelegenen Alpenhotel „Blüemlisalp" in Beatenberg. Ganz am Ende des längsten Dorfes Europas, das sich unterhalb des Niederhorns an den Berg schmiegt. Sie hatten gerade ein original Schweizer Fondue gegessen und rieben sich die vom Käse geschwollenen Bäuche. Ein paar Gläser Wein und der ein oder andere Enzian machten die wohltuenden Qualen der Völlerei erträglicher und verliehen dem Abend eine Ausgelassenheit, die sie schon lange nicht mehr genossen hatten.

Nach ihrer Rettung war die Terra 1 Crew immer noch etwas lädiert. Man sah den einzelnen Mitgliedern noch die Qualen an, die sie in den letzten Wochen auf sich nehmen mussten. Die Strapazen der Folter in den Fängen der Nukarib waren sowohl körperlich als auch seelisch nicht spurlos an ihnen vorüber gegangen. Die körperlichen Strapazen sah man ihnen an. Doch tief in ihrem Inneren sah es auch wüst aus. Auch wenn dieser Abend und nicht zuletzt die Drinks ihnen eine gewisse Heiterkeit verliehen. Tief in ihren Herzen saßen die Verletzungen noch tief. Auch vermissten sie zwei Freunde. Francis, der die Folter der Nukarib nicht überlebt hatte, und Mrmpfdat der Pelasger und Mitglied des Ordens der Zwölf, der ebenso wie Terra 1 von den Nukarib während der Kämpfe um den Planeten Geradpoor gefangen und entführt worden war, war bisher noch nicht gefunden. Es gab keine deutliche Spur vom Ordensmitglied. Nur einen Hinweis eines Doppelagenten, dass Mrmpfdat mit einem zweiten Schiff direkt nach Tilmun Prime gebracht worden sei. Die Quelle war jedoch alles andere als zuverlässig und so wusste man nicht, wo das Ordensmitglied abgekommen war. Die Trauer war groß, denn man hatte zwei wichtige Mitstreiter verloren. Doch heute konnten sie all diese Strapazen und Verletzungen das erste Mal seit Wochen wieder vergessen. Für ein paar Stunden wieder ausgelassen sein und alles Schlechte hinter sich lassen.

Nachdem sie zum Essen Weißwein genossen hatten, brachte der Ober nun drei Flaschen Rotwein. An einer dieser Flaschen prangte ein metallenes Umhängeschild, reich verziert mit allerlei verschnörkelten Linien und mit einer metallenen Kette, die das Schild um den Flaschenhals fixierte. Auf diesem kleinen, metallenen Schildchen prangte die Aufschrift „Erich".

„Was schaut ihr mich so fragend an? Wir sind doch sechs Leute. Da sind drei Flaschen doch in Ordnung", reagierte Erich von Beatenberg etwas empört zu den fragenden Gesichtern, ohne dass die Anwesenden je eine Frage formuliert hätten.

Julian lachte nur noch und konnte sich kaum mehr beruhigen.

„Der Junge verträgt eindeutig keinen Alkohol", rügte Erich von Beatenberg und lachte. Dann schnipste er dem Ober mit den Fingern zu und der kam in Windeseile an seine Seite.

„Bring das bitte runter mit dem üblichen Gedeck", forderte er von dem Ober, der sofort wusste, was gemeint war, die drei Flaschen samt der neuen Gläser auf sein Tablett bugsierte und den Raum verließ.

„So war das nicht gemeint", jammerte Armin, „wir hätten das schon noch getrunken."

„Ja, ja, kommt mit. Wir machen es uns jetzt gemütlicher" winkte Erich ab und wackelte vom Tisch. Alle anderen schauten sich nur fragend an, folgten ihm aber auf treuem Fuße. Aus dem Gastraum heraus ging es eine breite Treppe hinunter. Unten angekommen bog die kleine Gruppe rechts in einen großen Raum, dessen Wände mit

Holztafeln verkleidet waren und in dem gemütliche Eck-
bänke um ebenso einladend wirkende runde Holztische
standen, auf denen kleine, rot-weiß-karierte Deckchen dra-
piert waren. Der Raum wurde nur schwach von altertüm-
lich wirkenden Wandlampen, die vor sich hinflackerten, er-
leuchtet. Bis auf die Tischdecken waren die Tische nicht
dekoriert. Allerdings thronte auf einem der Tische ein
schwerer Glasaschenbecher. Neben ihm standen die Wein-
flaschen und Gläser, die sie aus dem Restaurant kannten.

„Hier ist mein Reich!" wies ihnen Erich den Weg mit der
Hand und deutete im Rund durch den Raum.

„Jeder, der mich besucht, wird früher oder später hier
landen und mit mir plaudern. Das Hotel ist so frei und hält
mir den Raum immer frei."

„Das sieht wunderschön aus", stammelte Kapturi, „so ...
ländlich."

„Ja, ländlich passt wohl am besten", gluckste Julian und
schlug dabei mit der flachen Hand auf die Schulter von
Maurizio, um dann in schallendes Gelächter auszubre-
chen. Alle schauten auf ihn und mussten mitlachen. Julian
Angerer hatte wirklich nicht im Geringsten die Standhaf-
tigkeit bei Alkohol wie die anderen in der Truppe. Am Ende
lachten alle laut und klopften sich auf die Schenkel. Minuten vergingen, bis sich die sechs beruhigt hatten und an
dem gedeckten Tisch platznahmen. Dort stand schon neben den Rotwein-Flaschen nebst Gläsern auch eine Fla-
sche Whiskey bereit. Daneben befand sich ein Krug mit eis-
kaltem Quellwasser. So kalt, dass es die Wände des Glas-
kruges von außen kalt anlaufen ließ.

Erich schenkte jedem einen Whiskey ein, schnappte sich
dann den Krug und fragte in die Runde „Wollt ihr auch einen Schluck Quellwasser in euren Whiskey? Wir haben
hier das Glück direkt von der Quelle zu trinken. Glasklar
und weich wie die Lippen einer jungen Frau."

Maurizio holte gerade tief Luft und wollte loslegen, als ihm Armin von der Seite die Hand auf die Schulter legte und ganz langsam mit dem Kopf schüttelte.

„Lass es bitte sein, wir wissen alle wie toll du bei jungen Frauen ankommst" lächelte er ihm zu.

Eingeschnappt lehnte der sich an die Eckbank und verschränkte die Arme aus Protest, dass er den Mund verboten bekommen hatte, vor seiner Brust.

Es vergingen Stunden der Ausgelassenheit in denen man über alle möglichen Themen plapperte, nur nicht über das tägliche Brot beim Widerstand oder den Verlust der Teammitglieder. Sie alle genossen es sichtlich, einfach mal zu entspannen.

„Lieber Erich, das war eine wunderbare Idee, uns hierher einzuladen", lobte Kapturi den leicht untersetzten Mann, der ausnahmsweise mal sein blaues Jackett an die Stuhllehne gehängt hatte, anstatt es anzuziehen. Allein das war schon ein Zeichen der Lockerheit, das man von ihm so nicht kannte.

„Ich bin so froh euch alle wieder hier zu haben, das könnt ihr euch gar nicht vorstellen. Dank euch hat unsere Widerstandsbewegung neue Freunde und Verbündete in der Galaxis erhalten und wir sind unserem Schritt, die Menschheit aus den Klauen der Nukarib zu retten, einen Schritt nähergekommen", lobte Erich von Beatenberg die Truppe, hob sein Glas zum Prost und stieß mit ihnen an.

„Auf den Widerstand! Auf diejenigen, die wir vermissen und verloren haben! Für die Erde!"

„Für die Erde!" riefen alle gemeinsam.

Nachdem sie getrunken hatten, setzten sich alle wieder hin und Erich fuhr fort: „Und aus diesem Grund möchten wir euch auch eine kleine Ruhepause gönnen."

Ein Raunen ging durch die Runde.

„Wir brauchen keine Pause", lallte Julian und schaute in das Rund seiner Freunde, um Bestätigung von diesen einzufordern.

„Wir sehen zwar noch ein bisschen angeschlagen aus, aber wir sind voll einsatzbereit", wandte Maurizio ein und stand seinem Chef zur Seite. Ein lautes „Autsch!" kam wie zur Bestätigung der eben angeordneten Einsatzbereitschaft aus dem Munde von Armin, gefolgt von einem „Entschuldigung" mit einem schmerzverzerrten Gesicht, als er sich an die gebrochene Rippe fasste.

„Keine Angst, ihr sollt nicht auf Hawaii die Beine hochlegen, ihr bekommt schon einen Einsatz. Aber einen einfachen und unkomplizierten. Wir haben in den Dateien der Atlantischen Schulen die Koordinaten eines Planeten gefunden, der uns bisher unbekannt war", holte Erich aus.

Schon war ihm die ungeteilte Aufmerksamkeit der Anwesenden sicher.

„In den Aufzeichnungen heißt es, dass dort sogenannte Schattenwelten vorherrschen – was immer das auch ist – und diese von den Nukarib gemieden werden. Diese Schattenwelten interessieren uns. Es ist nirgends vermerkt was das wirklich ist. Vielleicht eine Waffe, die von den Atlantern gegen die Nukarib gerichtet wurde? Vielleicht ein Naturphänomen, das wir uns zu Nutze machen können? Um das herauszufinden müssen wir ein Terra Team dorthin schicken. Und wir denken, dass diese Mission die Richtige für euch ist, nachdem ihr die letzten Monate so viel durchlebt habt."

„Schattenwelten..." sinnierte Kapturi laut. „Ich erinnere mich an Geschichten um Wesen, die sich von den Nukarib abgewendet haben und in die Schattenwelten abgetaucht sind. Da diese sehr mächtig sind, machen die Nukarib einen großen Bogen um diese Gegend. Aber wo genau das liegt, weiß ich auch nicht. Ist eigentlich nur eine Legende."

„Und wie es aussieht ist mehr an der Legende dran, als man meinen sollte", kommentierte Armin.

„Diese Schattenwelten sind sehr interessant und sind eben gerade noch interessanter geworden, da du, liebe Kapturi, diese Legenden kennst", antwortete Professor Mauser, der sich die ganze Zeit über bedeckt gehalten hatte.

„Die Mission ist eine einfache Aufklärungsmission. Ihr fliegt dorthin, schaut euch um, sucht nach Leben und nach diesen Schattenwelten und berichtet uns darüber. Ihr sollt noch nicht einmal offenen Kontakt aufnehmen, sondern im Tarnmodus agieren und euch wirklich nur umschauen."

Erich lächelte sanftmütig.

„Also nur ein Familienausflug", lallte Julian, „wir sind dabei!"

Gauting bei München, Erde

„Na, wie gefällt euch euer neues Heim?" fragte Peter Semmler seine Kollegen vom Terra 1 Team und zwinkerte ihnen zu.

„Schick ... schick", stammelte Armin, „... und so gemütlich" und lächelte.

„Das ist doch nicht euer Ernst!" beschwerte sich Maurizio. „Tatsächlich ein Möbelhaus?"

„Das Lager eines Möbelhauses", berichtigte Peter Semmler. „Im eigentlichen Möbelhaus würden wir sicherlich auffallen".

Armin warf sich auf eine der vielen Couch-Garnituren und legte die Beine hoch. „Also ich finde es gemütlich. Ich könnte mich daran gewöhnen", grinste er.

„Was macht man nur mit den ganzen Sofas?" fragte Kapturi, die nicht kapierte, was ein Möbellager war.

Julian nahm sie an der Schulter und erklärte ihr in Ruhe und etwas abseits, was das für ein Gebäude war und warum hier alles voller Möbel stand.

„Wir haben das ganze Lager für uns", erklärte Peter Semmler, „die Möbelfirma führt ein kleineres Lager direkt an ihrem Standort und dieses ist das offizielle Lager des Unternehmens, das uns wohlgesonnen ist. Wir können hier tun und lassen was wir wollen. Wir haben hier mehr als zwanzig Schlaf- und Wohnplätze mit allem erdenkbaren Komfort und hier...", dabei führte er die Truppe um eine Ecke herum, hinter der eine große Wand aus Monitoren und einige PC-Arbeitsplätze standen, „...hier haben wir das technische Herz unseres Außenpostens. Seitdem die Hamburger Zentrale zerstört worden ist, mussten wir uns etwas Neues suchen, das weit weg von unserem ursprünglichen Einsatzort war und dazu noch unauffällig."

„Alles schön und gut", mischte sich Julian Angerer ein, der zusammen mit Kapturi wieder zu der Gruppe gestoßen war, „aber wo ist unser Fuhrpark? Oder sollen wir mit dem Bus fahren?"

Peter Semmler lachte. „Nein, ihr müsst nicht mit dem Bus fahren. Ein Stockwerk über uns ist der Hangar. Dort stehen vier Kampfgleiter und zwei Antillarius mitsamt allem an Equipment, das benötigt wird. Auf Knopfdruck wird das Dach des Gebäudes geöffnet und die Gleiter können ein- und ausfliegen. Niemand wird euch entdecken, das geht alles in Windeseile."

Peter wirkte ein wenig stolz, ganz so, als wäre das Ganze auf seinem Mist gewachsen – was natürlich nicht so war.

„Zwei Antillarius?" Julian war ein wenig verdutzt. „Wir hatten in Hamburg zwölf Terra Teams im Einsatz. Was ist aus denen geworden?"

„Keine Angst, die gibt es noch", erwiderte Peter. „Hier müsst ihr mit uns, dem Terra 12 Team vorlieb nehmen, die anderen sind immer in Zweier-Gruppen in ganz Europa verteilt. Dem Orden war es nach dem Dilemma in Hamburg zu risikobehaftet, alle Terra Teams an einem Ort zu stationieren. Was meiner Meinung nach auch sinnvoll ist."

„Ja das stimmt. Es schmälert das Risiko einer totalen Zerschlagung ungemein", bestätigte Armin.

„Ich stelle euch noch das Bodenpersonal vor, wie wir es gerne nennen", lächelte Peter und wies auf die vier Leute an den PC-Arbeitsplätzen. „Das sind Nina, Sabea, Michael und Gerold, unsere Spezialisten in Ausrüstung, Avionik, Funk und Strategie".

„Wo ist Ralf Schauderer?" fragte Armin zögerlich.

„Der ist in Neapel stationiert, koordiniert aber von dort aus die Einsätze aller Terra Teams."

Alle waren erleichtert das Ralf bei dem Drama in Hamburg nichts passiert war, hatten sie doch bisher nur rudimentäre Informationen über die damaligen Vorfälle erhalten, bei denen die Nukarib das ursprüngliche Widerstands-Hauptquartier völlig zerstört hatten. Nur mit Mühe konnten sich einige der Mitarbeiter und Terra-Teams durch mobile Portale retten. Viele wurden schwer verletzt und ebenso viele wurden bei diesem hinterlistigen Angriff getötet.

„Ralf wird noch mit euch eine Videokonferenz abhalten, bevor ihr abfliegt. Bis dahin könnt ihr schon mal eure Sachen packen."

Irgendwo im Weltraum

Das tiefe Schwarz des leeren Raumes wurde mit einem Mal durchzogen von einer grau-bläulichen, wabernden Masse, die sich wie eine große, glatte Fläche ausbreitete. Mit einem Ruck spuckte diese Masse einen Antillarius aus; dann verschwand die Masse im Nirgendwo. Zurück blieb das Raumschiff, das aussah wie ein übergroßer Panzer ohne Kanonenrohr. Die Triebwerke wurden gezündet und das Raumfahrzeug bewegte sich langsam vorwärts.

„Hier ist weit und breit kein Planet", kommentierte Armin Schürrle die Situation, als er das Umfeld des Raumschiffes nach Planeten scannte.

„Vielleicht ist das diese *Schattenwelt*, die von den Nukarib so gefürchtet ist", witzelte Maurizio und warf Kapturi, die am Steuer des Antillarius saß, einen frechen Blick zu.

„Sehr witzig!" kommentierte die Nukarib-Frau und wiederholte einige Abfragen an ihren Geräten vor sich.

„Hier ist wirklich nichts. Aber wir sind auch nicht an den Koordinaten, die eingestellt waren. Ganz so, als wären wir einer unsichtbaren Umleitung gefolgt. Das Portal hat uns an der falschen Stelle ausgespuckt."

„Das gibt es nicht!" beteuerte Julian Angerer. „Das hat es doch noch nie gegeben. Die Portale sind immer hundertprozentig zuverlässig."

„Es ist aber so. Wir sind eindeutig etliche Lichtjahre von unserem eigentlichen Ziel entfernt. Wir sind noch nicht mal in der Nähe."

„So ein Mist! Wo sind wir denn jetzt?" wollte Maurizio wissen.

„Weit weg vom Ziel. Ich denke wir sollten noch einmal die Koordinaten anwählen und erneut springen", schlug Kapturi vor. Ohne eine Antwort abzuwarten, machte sie sich daran die Koordinaten erneut in den

Zielsprungcomputer des Portals einzugeben, das in den Antillarius eingebaut war und nach einem kurzen Blickwechsel mit Julian Angerer, dem Anführer der Terra 1 Einheit, drückte sie den Startknopf für das Portal. Die Prozedur, wie bei allen anderen Sprüngen durch das Portal begann und innerhalb von wenigen Sekunden spuckte das Portal, nachdem es sie zuerst verschlungen hatte, wieder aus.

Wieder landeten sie mitten im Weltraum, ohne dass Planeten oder Sonnen in der Nähe zu sehen gewesen wären.

„Wir sind nahezu am gleichen Ort", stellte Kapturi nach einem Gerätecheck ernüchtert fest. „Wir haben uns kaum von der Stelle entfernt, an der wir vorhin gelandet sind. Irgendetwas stimmt hier nicht."

„Die Schattenwelten möchten nicht, dass wir sie finden – deswegen wohl auch Schattenwelten", meldete sich Maurizio und fing leise an zu lachen. „Die Jungs sind wirklich gut, sie haben sich gegen die Anwahl der Pelasger zur Wehr gesetzt."

„Aber die Pelasger sind die guten Jungs, warum schützen sich die Schattenwelten – wer immer das auch ist – vor den Pelasgern und nicht vor den Nukarib?" wollte Armin wissen.

„Wir wissen momentan nur, dass sie wohl absichtlich die Portale beeinflussen können, so dass wir mit dieser Technik nicht dorthin gelangen können. Wir wissen nicht was sie tun, um sich vor den Nukarib zu schützen", Julian blickte besorgt hinüber zu Kapturi.

Diese ignorierte die Besorgnis in der Stimme und des Blickes ihres Partners und schlug vor: „Wir versuchen mit unserem normalen Antrieb die Koordinaten anzufliegen. Die können vielleicht Portalsprünge in die Region der Schattenwelten verhindern, aber was sollen sie gegen gewöhnliche Antriebe unternehmen?"

„Finden wir es heraus!" schlug Julian vor. „Aber vorsichtig", ergänzte er – wieder mit einem besorgten Blick auf den Sitz neben sich.

„Damit hat sich der Erholungstrip wohl endgültig verabschiedet", jammerte Armin, zwinkerte aber den anderen zu. „Auf geht es, ich bin gespannt, was die noch zu bieten haben."

Kapturi setzte einen Kurs und ließ die Triebwerke hochfahren. Der Interdimensionalantrieb, wie er von den Pelasgern genannt wurde, ist immer noch in der Lage ein Lichtjahr in 12 Erdenstunden zu überwinden – immer noch eine gigantische Leistung, wenn man diese mit den weitaus geringeren Schubkräften der Nukarib-Antriebe verglich, die lediglich die Hälfte dieser Geschwindigkeit zustande brachten. Ganz abgesehen von den Feststoffantrieben, die man auf der Erde üblicherweise kannte.

„Nach meinen Berechnungen sind wir in zwei Tagen dort. Ihr könnt euch also entspannt zurücklehnen", moderierte Kapturi. Dann zischte der Antillarius mit enormer Geschwindigkeit durch das Weltall – in Richtung der Schattenwelten.

Irgendwo im Weltraum

Armin und Maurizio spielten Karten und vertrieben sich so die Zeit des Wartens.

„Wenn man wieder normal reisen muss, weiß man erst die Technologie der Portale zu schätzen", feixte Armin und streckte seine Glieder.

„Wir sind alle zu verwöhnt, seitdem wir die Portale haben – nicht wahr, Armin?" grinste ihn Maurizio an, der auf die heimlichen Ausflüge von Armin nach Hause zum Duschen anspielte und die Situation, als er ausversehen sein halbes Wohnzimmer mit in die Basis gebeamt hatte.

„Warum sollte ich mit dem Bus fahren, wenn ich es einfacher haben kann?" lachte der.

„Ich möchte eure tiefgründigen Gespräche nicht gerne stören, aber ich glaube wir nähern uns unserem eigentlichen Ziel", warf Julian Angerer in die Runde.

Augenblicklich schauten alle auf die Monitore, die die Umgebung zeigten. Vor ihnen machten sich die Ausläufer eines Planetensystems breit. Sie kamen schnell näher und Kapturi bremste den Antrieb so weit herunter, dass sie immer noch in einer enormen Geschwindigkeit durch das sich nähernde System flogen, aber trotzdem alles genau beobachten konnten.

Julian arbeitete an seiner Tastatur und auch Armin checkte seine Instrumente.

„Soweit die Instrumente feststellen können, gibt es hier acht Planeten, die um einen Zwillingsstern kreisen. Gleich zwei davon sind in der habitablen Zone und könnten von den Umweltbedingungen her Leben beherbergen. Die Analyse läuft noch", meldete Armin den Stand der Dinge.

Kurze Zeit später wurden seine ersten Analysen bestätigt und die Ergebnisse klarer.

„Der vierte Planet im System scheint wohl derjenige zu sein, der für uns am aussichtsreichsten ist, um intelligentes Leben zu finden. Der andere hat zwar eine leichte Vegetation mit Farnen und Moosen und auch eine atembare Atmosphäre, aber es lassen sich keinerlei größere Lebewesen oder Bauten feststellen. Auf Nummer 4 dagegen erkennen die Scanner große steinerne Bauten, die in ihrer Regelmäßigkeit erscheinen, als ob sie …", Armin kam kurz ins Stocken, „…menschengemacht sind" ergänzte er.

„Menschengemacht?" kam es wie ein Echo von den anderen Crewmitgliedern.

„Ich weiß, es klingt komisch, aber… seht selbst!" Damit ließ Armin ein Bild auf dem Hauptbildschirm erscheinen, das einen riesigen Steinkreis von oben zeigte, der aussah wie eine von der Erde bekannte Formation aus der tiefsten Vergangenheit des Planeten.

„Stonehenge!" unterbrach Maurizio als erster die angespannte Ruhe. „Die haben Stonehenge hier oben!"

„Nun ja, grundsätzlich ist das hier nicht oben …" versuchte Kapturi zu belehren.

„Jetzt nicht, Liebste!" unterbrach Julian seine Geliebte. „Das ist wirklich außergewöhnlich. Aber wir wissen ja auch aus eigener Erfahrung, dass viele Bauwerke auf der Erde von Völkern stammen, die nicht der Erde entstammen. Ich darf an die Sankuari erinnern und die Maya-Bauten, die wir bei ihnen gefunden haben."

„Du hast recht, Julian, aber … ich bin langsam sauer, dass alle großen archäologischen Weltwunder eben nicht von Menschen erschaffen worden sind. Das frustriert mich als Archäologe und noch mehr als Menschen."

„Ich weiß was du meinst. Aber lass uns doch lieber herausfinden, wer die Urheber von Stonehenge waren, anstatt sauer zu sein. Wir sind wohl die ersten Exo-Archäologen überhaupt!"

„Das hat was…" antwortete Armin Schürrle, der schon wieder etwas besänftigt schaute. „Exo-Archäologe, das lass ich mir auf eine Visitenkarte drucken".

„Kapturi, flieg bitte dorthin, wo diese Bauten stehen. Vielleicht finden wir dort Hinweise auf die Erbauer", ordnete Julian an.

„Geht klar", bestätigte die Nukarib-Frau und setzte einen Kurs.

Auf dem unbekannten Planeten

Langsam schob sich der Antillarius über die Landschaft des Planeten und steuerte sein Ziel an. Je näher sie kamen, umso imposanter wirkte der Steinkreis. Genauso wie Stonehenge auf der Erde waren sechs Meter hohe Steine in einem Rund aufgestellt worden. Immer zwei von ihnen wurden mit einem Deckstein verbunden. In der Mitte der Anlage befanden sich drei größere Steine, die in Dreiecksformation standen. Dies war anders als auf der Erde. Und auch rund um die Anlage standen einige dieser Dreiecksformationen aus Stein. Welchen Zweck sie hatten konnte natürlich noch niemand sagen. Insgesamt ähnelte die Anlage aber dem Stonehenge in England ungemein.

Nachdem der Antillarius in unmittelbarer Nähe des Steinkreises gelandet war, schwärmte die Crew aus, um diese näher zu betrachten. Maurizio dokumentierte wie immer fleißig mit seiner Kamera. Sie waren etwa 10 Minuten vor Ort und schauten sich um, als plötzlich eine Stimme hinter ihnen erklang.

„Fremde! Welch seltener Besuch. Was treibt euch hier in diesen entlegenen Bereich des Universums?"

Die Gruppe schreckte zusammen und drehte sich ruckartig in die Richtung, aus der die Stimme zu ihnen drang. Dann erschreckten sie und nahmen die Waffen in Anschlag.

„Ihr braucht eure Waffen nicht – ich werde euch nichts tun!" sprach das Wesen sanftmütig, das vor ihnen stand.

Und vor ihnen stand eine Gestalt, die aussah wie ein groß gewachsener Mensch mit dem Kopf eines Krokodils. Der Körper war eingehüllt in eine braune Kutte, die auch über eine Kapuze verfügte, und die das halbe Gesicht des Geschöpfes bedeckte.

„Das ist ein Chentechtai!" rief Kapturi aus und zielte augenblicklich auf den Kopf des Krokodilkriegers, den sie von Berichten und Bildern kannten, die auf dem Planeten Chepesch gemacht wurden.

„Eure Nukarib-Begleiterin hat recht. Ich gehöre dem Volk der Chentechtai an. Doch habe ich mich – wie meine Brüder und Schwestern hier im Orden der Aspartinen dem abgewendet, wozu wir erschaffen worden sind. Wir sind keine Krieger – wir sind ein religiöser Orden und verfolgen nur die Lehren des göttlichen Universums. Wir sind ein Volk des Friedens und haben uns aus diesem Grund weitab von den Einflüssen der Nukarib niedergelassen."

„Das heißt, hier gibt es noch mehr Chentechtai?" fragte Armin aufgeregt.

„Meine Brüder und Schwestern sind mit mir 97 an der Zahl", antwortete der Krokodilkrieger.

Die Mitglieder von Terra 1 schauten sich ratlos an.

„Ihr braucht euch nicht zu fürchten. Wir tun euch nichts!" versprach unterdessen der Chentechtai, der bemerkte, dass sie verängstigt waren.

Dann erschienen urplötzlich, wie aus dem Nichts noch sechs weitere dieser Wesen, allesamt in die gleichen Gewänder gekleidet und für das bloße Auge nicht zu unterscheiden vor ihnen. Augenblicklich gingen die Gewehre wieder hoch und die Terra 1 Mitglieder machten einen Schritt nach hinten.

„Hey, Hey, so haben wir nicht gewettet!" keuchte Maurizio. „Da kommen ja noch mehr."

„Habt keine Angst", wiederholte das Wesen, welches sie zuerst gesehen hatten. „Ich bin Eka, das ist mein Name. Meine Brüder sind nur neugierig euch zu sehen. Wir bekommen nicht oft Besuch. Wenn ich ehrlich bin, die letzten hundert Jahre hatten wir keinen Besuch mehr."

„Hundert Jahre…" raunte Julian. Ihm waren noch immer die immensen Lebenserwartungen der einzelnen außerirdischen Rassen fremd. Diese hatten allesamt eine viel höhere Lebenserwartung als die der Menschen.

„Die letzten, die uns besucht hatten, waren die Nukarib. Leider verlief deren Besuch nicht so höflich und friedlich, wie wir uns das vorgestellt hatten."

„Sie haben euch überfallen!"

„Ja haben sie. Doch sie hatten wenig Chancen. Wir haben sie erfolgreich bekämpft. Auch wenn es nicht unsere Art ist, zu kämpfen. Wenn wir angegriffen werden, wissen wir uns zu wehren. Wir haben durch Meditation und Disziplin eine Kampfkunst entwickelt, die den simplen Waffen der Nukarib entgegentreten kann. Seit diesem Tag haben sie uns in Frieden gelassen."

„Das ist beachtlich", raunte Armin. „Ihr habt sie ohne Waffen besiegt? Nur mit eurer … mentalen Kraft?"

„Das ist richtig. Wir benötigen keine Waffen. Unser Geist ist so mächtig, dass wir jeden Angriff auch ohne Waffen niederschlagen können. Ihr habt ja auch schon erfahren, zu was wir fähig sein können."

„Wir?" Julian kratzte sich am Kopf.

„Ja, ihr. Wir konnten durch eure Hartnäckigkeit eure Anreise nicht ganz verhindern, aber dennoch hinauszögern."

„Das mit dem Portal, das wart ihr mit eurer Gedankenkraft?" Kapturi war fassungslos.

„So kann man das nennen. Einige von uns sind ständig damit beschäftigt den nahen Raum zu überwachen und nach möglichen Feinden abzusuchen. Wir haben die Nukarib unter euch entdeckt und euch an einen anderen Ort reisen lassen. Weit weg von uns." Der Chentechtai schaute in die Runde. „Doch nicht weit genug, wie es den Anschein hat. Wir haben euch unterschätzt, eure Zielstrebigkeit. Untypisch für Nukarib."

„Nur Kapturi ist eine Nukarib, aber sie ist auf die Seite der Menschen gewechselt und bekämpft nun mit uns Seite an Seite die falschen Götter", nahm Julian seine Gefährtin in Schutz.

„Es ist sehr schön, wie du deine Gefährtin in Schutz nehmen möchtest, Julian. Das spricht auch für dich."

„Du weißt ... ähm, wie ich heiße?"

„Natürlich wissen wir das. Anfangs wussten wir das nicht, doch nachdem ihr in unserer direkten Nähe wart, konnten wir euch und eure Gedanken näher untersuchen und haben euch gestattet, auf unserem Planeten zu landen."

„Sehr gnädig von euch", warf Maurizio ein.

„Ihr habt also die Nukarib vor 100 Jahren erfolgreich nur mit Gedankenkraft bekämpft?", übernahm Armin nun das Wort. „Darf man fragen, wie ihr das angestellt habt?"

„Das ist kein Geheimnis. Wir haben viele Möglichkeiten. Eine davon ist, dass sie uns nicht beschießen konnten, weil wir nur den Schatten unsereins gezeigt haben."

„Den Schatten? Wie kann ich mir das vorstellen?" fragte Armin nach.

„Ganz einfach", kam Maurizio Eka zuvor, „sie haben ein Abbild von sich selbst projiziert, ähnlich wie wir es mit den Antillarius machen können. Nur dass sie wahrscheinlich keine technischen Mittel dazu brauchen. Habe ich recht?"

„Du hast es genau richtig erkannt", bestätigte Eka. „Die Nukarib feuerten auf Abbilder von uns, doch wir waren gar nicht hier. Sie konnten uns weder verletzen noch töten. Das hat sie wahnsinnig gemacht. Aber dennoch haben wir sie mit ihren eigenen Waffen bestraft."

„Deswegen Schattenwelten", sinnierte Armin. „Na klar, für die Nukarib waren das unüberwindliche Hindernisse.

Wie willst du einen Feind bekämpfen, wenn du ihn zwar siehst, aber nicht ausschalten kannst?"

„Genial!" bestätigte Julian.

„Vielen Dank. Aber wie gesagt, tun wir dies nur, um uns selbst zu schützen und nicht um anzugreifen oder ähnliches."

„Also seid ihr jetzt auch nur Hologramme?", fragte Kapturi.

„Ein Hologramm ist eine technische Reproduktion eines Gegenstandes oder eines Geschöpfes. Was ihr seht sind geistige Reproduktionen unsereins."

„Ihr seid also gar nicht hier?"

„Nicht direkt hier. Weit entfernt!"

Die Mitglieder von Terra 1 schauten sich ungläubig an.

„Ich weiß, das ist nicht einfach zu glauben. Aber es ist eben so. Wir werden euch nie unsere wahre Gestalt von Angesicht zu Angesicht zeigen. Ihr müsst mit unseren Reproduktionen vorliebnehmen."

„Krasse Typen, diese Aspartinen", folgerte Maurizio.

Auf dem Planeten der Aspartinen

Nachdem man sich ein wenig näher kennengelernt hatte und viele Fragen beantwortet wurden, saßen nun die Mitglieder von Terra 1 auf einem kleineren, länglichen Stein, der am Boden des Steinkreises lag. Die Diskussion mit den Aspartinen ging nun schon seit einer Stunde und man kam sich so langsam näher.

Die Aspartinen erklärten freimütig und offen alles über ihre Abstammung und die Geschichte, wie sie auf diesen Planeten kamen. Wie auch die anderen Chentechtai, die auf dem Planeten Chepesch vom Widerstand entdeckt wurden, kamen sie von dort und aus dem Labor des gleichnamigen Gottes Chepesch, der dem Planeten in seinem Hochmut, der dem eines Nukarib gerecht wurde, seinen Namen gab. Ihnen war klar, dass Chepesch ein von den Nukarib genetisch veränderter Mensch war und dass dieser durch diese genetische Veränderung eine Lebenserwartung wie die eines Nukarib-Fürsten hatte. Chepesch war ihr Schöpfer und grundsätzlich wurden sie, wie ihre Brüder und Schwestern auf dem Planeten Chepesch auch, geboren und ausgebildet, um als Kämpfer für die Nukarib eingesetzt zu werden. Die Aspartinen wurden damals mit eintausend weiteren Kriegern auf der Erde eingesetzt, um sozusagen die Drecksarbeit für die Nukarib zu erledigen und gingen damit auch in die Geschichtsbücher der Menschheit ein. Was niemand bisher auf der Erde wusste, war die Tatsache, dass sie nicht nur im heutigen Ägypten wirkten, sondern auch an anderen Orten der Erde. Diejenigen, die sich heute die Aspartinen nennen, wurden im heutigen Europa eingesetzt und hinterfragten schnell die Motive ihrer Schöpfer und Herrscher. Sie erkannten, dass es nicht richtig war, für die Nukarib Menschen abzuschlachten und Gräueltaten zu vollbringen. Und sie wollten sich von den Nukarib und deren Einfluss abspalten. Doch das war nicht so einfach. Viele ihrer Brüder standen den Nukarib so nahe, dass sie Aspiranten für einen Widerstand schlichtweg auslöschten. Also mussten die wenigen, die sich von den Nukarib trennen wollten, sehr vorsichtig sein. Auch war es kein leichtes Unterfangen Gleichgesinnte zu finden. Denn anderen zu vertrauen konnte in den eigenen Reihen tödlich enden. Letztendlich waren es 97 Chentechtai, die sich zusammenschlossen, um zu rebellieren. Allerdings wollten sie kein Blutvergießen unter ihren Artgenossen anrichten und warteten auf eine Möglichkeit zu fliehen. Diese kam dann unverhofft, als sie im heutigen

England unterwegs waren. Wieder waren sie im Auftrag der Nukarib unterwegs, um Dörfer zu unterwerfen. Als sie auf Stonehenge stießen und eine Gruppe von religiösen Männern, die als Wächter von Stonehenge bekannt waren und sich die Aspartinen nannten.

Sie vertrauten sich den Aspartinen an und suchten bei ihnen Schutz. Die Aspartinen von der Erde lebten in der Nähe von Stonehenge in kleinen Erdbauten. Sie lehrten ihnen ihren Geist über den Körper zu stellen und wie sie selbst mit Meditation so weit kommen konnten, sich zu teleportieren. Dies zu erlernen hätte allerdings länger gedauert, als sie sich verstecken konnten. So nahmen sie die Schriften der Aspartinen an sich und wurden von diesen durch den sogenannten „Ring der Dimensionen" geschickt, dessen Überreste aus Jahrtausende alter Verwitterung und Zerstörung wir alle als Stonehenge kennen. Durch diesen Ring – der in Wirklichkeit eine uralte Maschine ist, deren Erbauer niemand kennt – noch nicht einmal die Aspartinen – kamen sie direkt auf diesen Planeten, auf dem das Gegenstück zum Stonehenge der Erde steht.

Sie widmeten sich dem Studium der Schriften der Aspartinen und nannten sich auch so. In Ermangelung der Tatsache, dass niemand wusste, wie der Planet heißt, auf dem sie sich befanden, gaben sie ihm den naheliegenden und treffenden Namen Aspartin.

Seit dem leben sie hier auf Aspartin und widmen sich ihren geistigen Fähigkeiten, die sie im Laufe der Jahrhunderte perfektioniert haben. Sie wissen nicht, wie man durch den Ring der Dimensionen wieder zurück auf die Erde kommt und auch später kam nie wieder jemand durch diesen hindurch. Nur die Nukarib kamen ihnen – wohl eher zufällig – auf die Schliche und wollten sie wieder dem Kollektiv der Tilmun Familien zuführen. Doch diesen Angriff konnten sie erfolgreich mit ihren geistigen

Fähigkeiten abwehren. Die Nukarib waren von ihren Fähigkeiten derart beeindruckt, dass sie die Aspartinen als die Schattenwelten in ihre Sagenwelt aufnahmen und zukünftig einen großen Bogen um Aspartin machten.

Aspartin

„Euch bedrückt ein schwerer Verlust eines Freundes!" überraschte Eka die Runde, die sich nach dieser Anspielung alle fragend ansahen.

„Ja...", stammelte Julian, „...wir haben vor ein paar Wochen zwei Freunde verloren. Gute Freunde."

„Zwei?" Eka schaute verdutzt. „Ich sehe nur den Tod eines eurer Freunde namens Francis. Der Pelasger lebt!"

Nun schauten sich alle wieder verwundert an und die aufkeimende Müdigkeit ob der vielen Stunden, die sie schon mit den Aspartinen zusammensaßen, verflüchtigte sich augenblicklich. Alle waren hellwach. „Mrmpfdat lebt?" polterte Armin heraus.

„Ja sicher. Es geht ihm zwar nicht so wirklich gut, er ist gefangen und wird schwer misshandelt. Aber er lebt... und er vermisst auch euch. Macht sich Gedanken darum, ob es euch gut geht."

„Woher...?" formulierte Maurizio eine Frage, die Eka noch während der Fragestellung beantwortete indem er den jungen Malteser unterbrach.

„Woher ich das weiß? Eure Gedanken haben die beiden verraten und durch sie haben wir Mrmpfdat ausgemacht", erklärte Eka.

„Wir?" fragte Kapturi nach.

„Wir setzen unsere Kräfte oftmals im Kollektiv ein. Beispielsweise bei größeren Entfernungen, die wir in

Gedanken überwinden müssen. Um euren Freund vom Orden der Zwölf zu finden, haben wir uns zusammengeschlossen und ihn mit Hilfe unserer geistigen Kräfte lokalisiert."

„Ihr wisst wo er ist?" Julian rutschte aufgeregt ein wenig näher an die Erscheinung Ekas heran. Der lächelte sanftmütig.

„Ja, das wissen wir. Leider können wir ihn nicht ganz genau aufspüren, aber wir wissen, dass er auf Tilmun Prime gefangen ist. Genauer gesagt in der Hakita-Strafanstalt auf Tilmun Prime."

Den Mitgliedern des Terra 1-Teams fielen fast die Augen aus dem Kopf, so starrten sie alle die Darstellung Ekas an, der nun auch ein Bild des Gefängniskomplexes in die Luft projizierte. Das alles war für die Mitglieder des Teams wie Zauberei.

Technik kannten die Teammitglieder ja mittlerweile und sie wussten, dass das was sie einst dachten, dass es technisch fortgeschritten wäre, im intergalaktischen Vergleich gar nichts war. Doch hier, das war keine Technik, die dahintersteckte, das war reine Gedankenkraft. Dass ein Wesen zu so etwas imstande war, das ließ alle erstaunen.

Aspartin, an Bord des Antillarius

„Mrmpfdat lebt? Wie geht es ihm?"

Die Nummer 1 des Ordens der Zwölf war freudig erregt diese guten Nachrichten von seinem Terra 1 Team zu erhalten, die sich gerade über Langstreckenkommunikation meldeten.

„Wie man so schön sagt, den Umständen entsprechend. Die Chentechtai können ihn nicht genau ausmachen", als

Julian dies sagte, schaute ihn Eka eindringlich an. „Sorry, die Aspartinen können ihn nicht genau ausmachen." Julian schaute versöhnlich zu Ekas Abbild hinüber. Der nickte zustimmend.

Julian berichtete weiter. „Mrmpfdat wird gefoltert, soweit wissen wir um seinen Zustand. Was das bedeutet, haben wir ja selbst erfahren. Wir müssen ihn dort herausholen!"

„Immer langsam", mahnte Reinhardo da Wienci Julian an, „der Orden muss entscheiden was mit Mrmpfdat geschieht. Schließlich ist er einer unserer Mitglieder. Und es ist nicht gerade ungefährlich, direkt ins Wespennest der Nukarib vorzudringen. Wir beraten uns und rufen euch danach wieder an. Bleibt auf Empfang."

Damit wurde die Übertragung unterbrochen. Julian sackte etwas resigniert zurück in seinen Sitz im Antillarius, von dem aus sie die Übertragung tätigten.

„Was gibt es denn da zu überlegen?" schnaubte Armin und fuchtelte wild mit den Armen.

Erde, Wien, unter der Hofburg

Sechs Mitglieder des Ordens der Zwölf saßen am großen Tisch in der Bibliothek. Rundherum waren fünf weitere Ordensbrüder als Hologramm zugeschaltet, die sich nicht in Wien befanden. Ein Platz blieb leer – der von Mrmpfdat, Nummer 12 des Ordens.

Nachdem Nummer 1 die Situation erklärt hatte, diskutierten die Ordensmitglieder nun teilweise wild gestikulierend miteinander, ob das vermisste Ratsmitglied gerettet werden soll, und wenn ja, wie eine Rettung aussehen könnte.

„Die Pelasger sind da ganz skrupellos. Sie stellen uns keine Schiffe für eine Rettung zur Verfügung. Die Gefahr einen Krieg direkt im Tilmun-Reich loszuschlagen, der Pelasgera direkt mit hineinziehen könnte, ist zu hoch. Allein die Tatsache, dass Mrmpfdat Pelasger ist und bei unserem Team erwischt wurde, ist schon gefährlich genug und am liebsten würden die Pelasger Nummer 12 ausschalten. Doch sie wissen nicht wie", erklärte Nummer 1.

„Gottseidank wissen sie nicht wie. Wie kann man so unmenschlich sein?" brüllte Nummer 8.

„Es sind eben Pelasger...", feixte Nummer 4.

„Das ist wohl nicht die richtige Situation um Scherze zu machen, Nummer 4!" ermahnte Reinhardo da Wienci.

Der Angesprochene hob entschuldigend die Hand.

„Leider ist die Tarntechnik der Pelasger vor ein paar Wochen aufgeflogen und kann von den Nukarib nun entdeckt werden. Aus diesem Grund ist es auch völlig irrsinnig mit einem Antillarius dorthin zu fliegen. Und die Nemesis könnte es zwar schaffen, doch mit einem einzigen Schlachtschiff mitten in das Tilmun-Reich zu fliegen ist mehr als wahnsinnig. Nach unseren neuesten Geheimdienstberichten sind im Tilmun-Heimatsystem mehr als einhundert Schiffe am Patrouillieren."

„Kein Wunder, wenn man sich so viele Feinde anlacht wie die Nukarib."

„So leid es mir tut, Mrmpfdat ist ein guter Freund und es tut mir persönlich sehr leid, aber wir können wohl nichts weiter tun als abzuwarten. Eine Rettung kommt nicht in Frage!" entschied Nummer 1, nachdem die Brüder noch eine Weile diskutiert hatten.

Die Stimmung war auf dem Nullpunkt angelangt. Trauer und Frust machten sich breit. Doch niemand hatte eine zündende Idee, um der Situation Herr zu werden. Plötzlich ploppte ein kleines Hologramm direkt vor Nummer 1 auf und es erschien das Abbild einer jungen Frau.

„Anne, was soll die Störung?" fauchte Reinhardo ein wenig genervt, ob der missratenen Situation.

„Bitte entschuldigen Sie, Nummer 1, aber Julian Angerer hat sich noch mal gemeldet. Es ginge um die Rettung von Mrmpfdat und er hätte einen Vorschlag zu unterbreiten."

„Anne, können Sie eine Verbindung hier reinstellen?"

„Natürlich, einen Moment bitte." Dann verschwand das Hologramm der Sekretärin und eine Minute später erschien ein größeres in der Mitte des Raumes. Es war Julian. Neben ihm standen Armin und ein Abbild des Aspartinen Eka.

„Nummer Eins, werter Orden der Zwölf. Wir wissen, dass eine Rettung Mrmpfdats unter den aktuellen Umständen eher schlecht umgesetzt werden kann", fing Julian an.

„Wir haben diese Option bereits abgelehnt. Es wird keine Rettung geben!" unterbrach ihn Nummer 1.

„Was?" Armin und Julian waren außer sich. „Das kann nicht sein! Wir müssen ihm doch helfen!"

„Auch die Pelasger möchten keine Rettung. Die Risiken sind viel zu groß, dass Pelasgera in einen offenen Krieg mit den Nukarib hineinläuft", erklärte Nummer 1.

„Das darf doch nicht wahr sein! Was sind denn das für Verbündete?" echauffierte sich Armin und lief wutschnaubend aus dem Bild des Hologramms. Von Weitem hörte man noch „Arschlöcher!"

„Bitte entschuldigt das Auftreten von Armin, aber wir wissen aus eigener Erfahrung wie schlimm die Folter unter den Nukarib ist. Deswegen möchten wir Mrmpfdat unbedingt dort herausholen", erklärte Julian.

„Julian, wir würden das auch gerne tun. Aber wie denn? Wir haben keine Schiffe. Wir können nicht in den

Tarnmodus gehen, da die Nukarib das sofort herausfinden würden. Portale funktionieren nur wenn wir genaue Adressen haben. Wir würden irgendwo dort landen, ohne dass wir Gewissheit hätten wo wir rauskommen. Wenn wir Pech haben inmitten einer Kaserne oder in der Müllverbrennungsanlage."

„Wir hätten einen Ausweg!" polterte Eka heraus. „Bitte entschuldigt, dass ich mich einmische. Aber wie ich euren Freunden schon sagte, kennen wir Händler, die euch helfen könnten."

„Sie sind nun wer?" fragte Nummer 1.

„Mein Name ist Eka, Julian hat Ihnen von mir bereits berichtet. Ich bin derjenige Aspartin, der den Kontakt zu eurem Team aufgenommen hat."

„Eka, freut mich", gestand Nummer 1. „Was haben Sie vor?"

„Wir kennen ein paar Händler, die leider auch mit den Nukarib Geschäfte machen. Nun, wenn es funktioniert, dann wäre das ja eine glückliche Fügung. Wir haben sie schon gefragt, die Händler sind auf dem Weg nach Tilmun Prime, also genau dorthin, wo euer Mann festgehalten wird. Und sie wären bereit euer Team als Helfer an Bord zu nehmen und sie somit dort hin zu bringen. Allerdings müssten diese authentisch sein, also auch für sie unterwegs arbeiten. Und …", er machte eine kurze Pause, „… sie hätten gerne den Antillarius eurer Freunde als Bezahlung."

„Das sind wirklich gute Neuigkeiten. Aber das geht nicht!"

„Warum?" wollte Julian wissen.

„Warum? Wir können Fremden keinen Antillarius schenken! Die Technik darin ist jener der meisten Völker dort draußen überlegen. Allein schon wenn er in die Hände der Nukarib fallen sollte … ich darf gar nicht darüber nachdenken."

„Aber warum sollte er den Nukarib in die Hände fallen?" fragte Eka nach.

„Ihr sagt selbst, dass eure Freunde mit den Nukarib Geschäfte machen. Wenn die Bezahlung stimmt geht das ganz von selbst. Und wenn die Händler nicht verkaufen möchten, die Nukarib aber herausfinden, dass sie im Besitz eines Antillarius sind, dann würden diese sich das Raumschiff auch zur Not mit Gewalt aneignen. Das Risiko ist zu groß!"

Julian wusste, dass Nummer 1 recht hatte. Daran hatten sie bisher noch gar nicht gedacht. Sie waren so von ihrem Plan mit den Händlern mitzukommen überzeugt, dass sie gar nicht über die vielen Gefahren nachgedacht hatten, die eine solche Mission mit sich brachte. Doch die Möglichkeit, mit den Händlern nach Tilmun Prime zu reisen, war dennoch die einzige, die Aussicht auf Erfolg hatte. Zumindest momentan. Sie mussten die Händler mit einer anderen Bezahlung ködern. Nur was? Auf was könnten diese Leute abfahren, was sie ihnen zum Tausch anbieten könnten? Die Terra 1 Crew war überfragt. Und Eka ging in sich und sondierte die Möglichkeiten, was den Händlern wichtig wäre zu erhalten.

Doch noch bevor sie eine Alternative vorweisen konnten, bescheinigte ihnen Nummer 1: „Die Rettungsaktion wird abgeblasen! Hast du mich verstanden, Julian?"

„Ja, natürlich", antwortete der mit gesenktem Haupt. Dann brach er die Übertragung zur Erde ab.

Aspartin, an Bord des Antillarius

„Erdbeeren?" Erich von Beatenberg überschlug sich fast vor Lachen, und in Anbetracht seiner geringen Größe und seines Bäuchleins war dies eine ernsthaft drohende Gefahr. Nummer 10 stand neben Reinhardo da Wienci in dem gezeigten Hologramm und beide waren sichtbar fassungslos. Drückte Erich von Beatenberg sein Erstaunen mit einem Lachanfall aus, brachte Reinhardo da Wienci kein Wort heraus und stand mit offenem Mund da.

„Ja, Erdbeeren!" Julian konnte sich selbst ein Lachen kaum verkneifen und prustete ein „Ihr könnt Armin dankbar sein" heraus.

„Wie kommen die auf Erdbeeren?" hakte Nummer 1 nach, der jetzt wieder zur Besinnung kam.

„Armin hat eine Schale davon als Proviant dabei – hatte. Die Händler haben alles weggefressen und sind so begeistert. Auch durch den Namen „Erdbeere". Die Beere von der Erde. Sie wollen zwei Paletten davon und bringen uns dann nach Tilmun Prime. Und sie erhoffen sich natürlich in Zukunft durch uns an weitere Erdbeeren zu gelangen. Gold, Platin, Edelsteine... wir können uns aussuchen, was die Bezahlung ist."

„Erdbeeren!" wiederholte Reinhardo noch ein Mal. „Das ist viel besser als ein Antillarius."

„Wir besorgen euch die Erdbeeren und ... können wir die mit einem Portal schicken? Oder machen die Aspartinen wieder von ihrer Umleitung gebrauch?", fragte Erich.

Julian schaute zu Eka herüber, der nickte. „Sie heben die Umleitung auf, wenn wir liefern wollen. Wir sollen nur Bescheid geben. Die Koordinaten gebe ich noch durch. Was meint ihr wie lange werdet ihr brauchen?"

„Mein Gott, ich geh auf den Naschmarkt und dann bekomme ich die heute Nachmittag geliefert", gab Reinhardo zu.

„Ruft durch und dann wissen wir wann die Aspartinen die Umleitung ausschalten sollen."

Damit beendete Julian die Verbindung zur Erde. Armin und er fingen wieder an zu lachen. „Habt ihr deren Gesichter gesehen? Und Erich... grandios!" Julian schrie schon fast vor Lachen. Eka schaute beide entgeistert an.

„Und dies wegen ein paar Erdbeeren?", formulierte Eka ungläubig. „Sind diese Beeren derart gefragt?"

„Eben nicht", gluckste Julian, das ist eine Frucht auf der Erde, die man eigentlich an jeder Ecke erhält und die noch nicht mal teuer ist. Ein gutes Geschäft für uns."

Eka nickte wohlwollend und gestand: „OK, ich verstehe. Deswegen die große Freude."

Armin und Julian fangen wieder an zu lachen. „Ja, deswegen die große Freude."

Keine drei Stunden später standen zwei große Paletten auf dem Planeten Aspartin – darauf gestapelt dutzende großer Kartons mit Erdbeeren. Frisch und knallrot standen sie da und versprühten einen wunderbaren Duft. Die Händler, die die ganze Zeit auf Aspartin geblieben waren und die Lieferung erwartet hatten, sprangen um diese herum.

„Die sehen ja noch besser aus als die Beeren von vorhin!" jubelte der Anführer der Truppe.

„Die sind auch frisch! Waren gestern noch auf dem Feld", erklärte Maurizio.

„Phantastisch! Dann laden wir die Erdbeeren ein und ihr packt eure Sachen. In einer Stunde geht es los."

Tilmun Prime

Tilmun Prime ist die Heimatwelt der Nukarib. Der Rasse, die in ihrer Machthungrigkeit und Überheblichkeit sich selbst als Götterrasse ansieht und die immer mehr Zivilisationen unterwirft. Das Hegaron-Sonnensystem, in dem sich Tilmun Prime befindet, ist ähnlich unserem heimatlichen Sonnensystem aufgebaut, allerdings mit zwei Sonnen. Einer Sonne wie der unsrigen und einer kleineren daneben. Tilmun Prime ist der vierte Planet des Systems, wenn man von seinen Sonnen aus die Zählung beginnt. Danach kommt Chataro, ein Gesteinsbrocken, der noch nie lebensfreundliche Bedingungen aufwies, und dann der Planet Beruwa, der in etwa die Größe des Erdmondes hat, aber genauso vor Leben strotzt wie Tilmun Prime oder die Erde. Die Flora und Fauna auf Tilmun Prime sind komplett unterschiedlich als auf Beruwa, welche die beiden einzigen Planeten des Systems darstellen, auf denen auf natürliche Art Leben entstand. So hat sich auf Beruwa ein riesiger Regenwald gebildet, der sich über fast den gesamten Planeten erstreckt. Die Teile von Beruwa, die nicht vom dichten Grün abgedeckt werden, bestehen aus einem zusammenhängenden Ozean, der wie ein großer blauer Fleck auf einer Seite des grünen Planeten erscheint. Vom All aus gesehen sieht diese Begebenheit aus wie ein riesiges Auge, das in die unendlichen Weiten des Alls schaut. Sollten jemals Fremde es wagen in das Heragon-System einzudringen, würden sie alleine schon an dem riesigen Auge erkennen, dass sie im Reich der Götter angelangt sind.

Tilmun Prime und Beruwa sind zwar die einzigen Planeten im Heragon-System, die von Natur aus für Leben geeignet sind, jedoch sind es nicht die einzigen, die bewohnt sind. Von insgesamt vierzehn Planeten wurden noch zwei weitere von den Nukarib erschlossen und auf etwa zehn

Monden, überall im Heragon-System verstreut, wurden meist militärische Stationen errichtet. Jedoch leben auch Zivilisten auf diesen Monden. Einer von ihnen ist der Mond Giotto, der um einen der äußeren Planeten kreist. Hier befindet sich die größte Militärbasis außerhalb von Tilmun Prime, die fast den gesamten Gesteinsbrocken einnimmt. Sie besteht aus riesigen Werften für die Raumschiffe der Nukarib, was nahe liegt, denn die meisten Rohstoffe, die zum Bau benötigt werden, werden auch auf Giotto und drei seiner Nachbarn abgebaut und verarbeitet. Hier entstehen alle großen Kriegsschiffe und Handelsschiffe, die der Flotte der Nukarib angehören.

Den beiden Planeten, die von den Nukarib erschlossen wurden, wurde durch Terraforming Leben eingehaucht. Riesige Anlagen wurden über die Planeten verteilt, die diesen Prozess einleiteten. Zusammen mit Bodendeckerpflanzen und anderen Waldpflanzen, die viel Sauerstoff produzieren, wurde innerhalb von nur dreißig Erdjahren jeder Planet mit einer Sauerstoffatmosphäre ausgestattet. Mittlerweile sind diese Planeten auch besiedelt und bieten Platz für viele neue Bewohner. Tiere aller Art, von Insekten, über Wasserbewohner, bis hin zu Landtieren, wurden diese teilweise speziell für die Umstände der beiden Planeten genetisch verändert und angesiedelt. Nukarib leben natürlich auch auf den Planeten.

Aber warum nennen die Nukarib ihren Heimatplaneten Tilmun Prime? Gerade wegen den beiden neu erschlossenen Planeten. Die selbsternannten Götter sind nämlich bei der Wahl der Namen für diese Planeten nicht gerade wählerisch gewesen. Und so nannten sie den Planeten, der ihrer Heimatwelt am nächsten war, Tilmun Ariga. Ariga bedeutet so viel wie „Zwei" in unserem Verständnis. Und der zweite Planet wurde Tilmun Batin, also Tilmun Drei getauft. Demnach ist die Bezeichnung Prime mit unserer Eins gleichzusetzen. Es gibt also gleich drei Planeten Namens Tilmun: Tilmun Prime, Tilmun Ariga und Tilmun Batin. 1, 2, 3!

Und auch hier verfielen die Nukarib ihrem Schöpfungswahn. Und dies eigentlich sehr erfolgreich. Neue Planeten, die lebensfreundlich sind zu erschaffen, hat doch auch etwas Göttliches. Dazu erschufen sie noch die Tier- und Pflanzenwelt, angepasst an die Bedingungen vor Ort. Und dies als Volk, das zahlenmäßig eigentlich gar nicht so groß ist, wie man meinen könnte.

Auf Tilmun Prime und Tilmun Ariga leben jeweils etwa 100 Millionen Nukarib, auf Tilmun Batin 80 Millionen, auf Beruwa gerade einmal 20 Millionen und auf den Monden, inklusive Giotto, noch einmal 20 Millionen. Im All verstreut findet man noch einmal 100 Millionen selbsternannte Götter. Misst man die Anzahl der Nukarib von insgesamt gerade mal 420 Millionen Individuen an denen der Menschen mit 7,5 Milliarden, sind wir rein zahlenmäßig mehr als überlegen. Aus diesem Grund benötigen die Nukarib auch so viele Menschen. Denn Arbeiter sind rar und die harte Arbeit in den Bergwerken, in der Landwirtschaft und in Fabriken möchten die Götter nicht selbst erledigen.

Das Handelsschiff der Etarker, auf dem das Terra 1 Team angeheuert hatte, war nun im Anflug auf Tilmun Prime. Der 325 Meter lange und 82 Meter breite Koloss glühte wie eine zweite Sonne, als er durch die Atmosphäre des Planeten stach. Relativ gemächlich trat das Schiff den Sinkflug an. Die Treibstoffmengen, die alleine für den Start und das Verlassen der Atmosphäre von Tilmun Prime später benötigt wurden, nahmen ein Achtel des Ladevolumens des Transporters in Anspruch. Normalerweise blieb das Schiff der Etarker auch in einer Umlaufbahn, um die Planeten, die es besuchte und kleinere Transporter erledigten die Be- und Entladearbeiten. Doch für Tilmun Prime hatten sie großes und schweres Gerät geladen, das nicht auf die üblichen Transporter verladen werden konnte. Und so musste der Koloss den mühsamen und im Endeffekt auch teuren und gefährlichen Weg durch die Atmosphäre nehmen.

Die Landung eines solchen Riesen war auf Tilmun Prime auch kein alltägliches Unterfangen. Die Nukarib versammelten sich rund um den Weltraumhafen des Planeten und bestaunten das Szenario. Der Himmel verdunkelte sich, nachdem die zweite Sonne ihr Leuchten einstellte, an gleicher Stelle kam das Raumschiff näher und näher. Es zischte und dampfte und machte einen Höllenlärm, als die Bremstriebwerke gezündet und das Raumschiff immer langsamer wurde. Stellen Sie sich vor, ein Flugzeugträger würde auf dem Frankfurter Flughafen landen. Das Schauspiel wäre ähnlich. Dies bedeutete auch eine Gefahr für die „neue" Besatzung. Denn sie würden auf keinen Fall in der Flut anderer Raumschiffe untergehen und würden sofort Beachtung finden. Doch die Etarker hatten vorgesorgt. Mit falschen, aus Zellmaterial hergestellten Ohren, die aussahen wie die von Nukarib und ebenso deren Nasenspitzen, sahen die Menschen aus wie Götter. Kapturi musste lachen, als sie Maurizio, Armin und Julian in dieser Verkleidung sah und machte sofort Erinnerungsfotos an diesen einmaligen Moment. Abgerundet wurde das Ganze noch von Nukarib-Gewändern. Es waren alltägliche Kleidungsstücke der Arbeiterklasse, die gegen die Kampfanzüge des Terra 1 Teams getauscht wurden. So ausgestattet, aber nur mit Pistolen bewaffnet – alles andere würde natürlich auffallen – wagten die vier den Ausstieg zusammen mit zwanzig anderen Besatzungsmitgliedern. OK, sie fielen auf! Allein schon deshalb, weil die anderen zwanzig eben Etarker waren. Dieses Volk sah, grob vereinfacht, aus wie eine Mischung aus Oktopus und Hammerhai. Der Kopf saß auf einem langen, starken Genick und war nach vorne gezogen. Dort saßen die Augen links und rechts an einem hammerartigen Wulst. Die Augen konnten um 360 Grad gedreht werden, und das komplett autark. So konnte ein Etarker gleichzeitig nach vorne und nach hinten schauen oder nach oben und zur Seite. Um den schnabelförmigen Mund sprossen vier Tentakel, die etwa eineinhalb Meter lang und mit Saugnäpfen wie bei irdischen Oktopoden besetzt waren. Diese Geschöpfe waren etwa drei Meter hoch gewachsen, liefen auf dicken Beinen, die mit den Beinen von Elefanten vergleichbar waren. Doch die Haut war überall sehr elastisch und relativ fein strukturiert. An den Seiten ihres Körpers drangen zwei Arme nach draußen, die über zwei Gelenke verfügten und an deren Ende sich drei große Finger befanden. Neben diesen skurrilen Wesen, die überall im All als Händler und Nomaden bekannt waren, erschienen unsere als Nukarib verkleidete Menschen doch noch skurriler. Wären wir nicht auf Tilmun Prime. Denn hier konnten diese sich sofort unter andere, echte Nukarib mischen und verschwanden so in der Menge.

Tilmun Prime, Gefängniskomplex Rimi-Ni

Der Name des riesigen Gefängniskomplexes hatte in der Welt der Nukarib eine ganz andere Bedeutung als auf der Erde. Stand Rimini auf der Erde eine wunderschöne Stadt Italiens, war der Name hier Sinnbild für ein Leben, das keines mehr war. Wer es schaffte hierher zu gelangen, der war am Abgrund und kam nur selten wieder heraus. Und in Rimi-Ni saßen nicht nur Schwerverbrecher aus Tilmun Prime, sondern Widersacher der Nukarib, die aus allen Ecken des Universums stammten. Denn überall wo die

Nukarib auftauchten, ließen sie sich als Götter verehren, waren jedoch immer nur darauf bedacht, ihre Machtstellung und ihr Vermögen zu erweitern. Dies fiel natürlich überall auch negativ auf und so gab es überall auch Geschöpfe aller Rassen, die sich gegen die Nukarib wehrten. Wer dabei erwischt wurde und das Pech hatte, dies zu überleben, der kam hierher. Rimi-Ni war mehr als ein Gefängnis. Es war ein Gefangenenlager mit mehr als 20.000 Insassen. Die gefährlichsten davon lagen in Stase-Kapseln in einem immerwährenden Schlafzustand. So konnten sie keinen Schaden anrichten. Und sie kosteten weniger als andere Insassen, die täglich Nahrung und Wasser brauchten. Auch wenn dieses lediglich in kleinen Dosierungen gereicht wurde. Gerade so viel, damit man überleben konnte. Die Zellen waren individuell ganz nach den Bedürfnissen der Insassen gehalten. Nicht weil man diesen einen gewissen Komfort bieten wollte, nur aus dem Grund, um sie artgerecht zu halten. Schließlich versuchte man sich ja auch – in Nukarib-Manier – daran, deren Gene für die eigenen Zwecke zu nutzen. So waren Lebensformen, die viel Wasser benötigten, in entsprechenden Becken untergebracht und Wüstenbewohner hatten Wärmelampen in ihren Zellen. Rimi-Ni war also nicht nur ein Gefangenenlager, sondern auch eine kleine Genfarm. Man hatte dort einen Bereich mit modernsten Laboren, der von Nimma, der Göttin, die schon seit Jahrtausenden Genexperimente für die Nukarib anstellte – verwaltet wurde.

Das Einzige, das man auf Tilmun Prime nicht hatte, waren gefährliche Mischwesen wie Greife oder Minotauren. Diese waren auf dem Planeten verboten, weil die Gefahr, die von ihnen ausging, für die einheimische Bevölkerung einfach zu groß war und man diese minimieren wollte. Auf anderen Planeten waren diese Geschöpfe aus dem Genlabor Nimmas an der Tagesordnung. Auch wenn es immer wieder zu tödlichen Zwischenfällen unter den Nukarib durch diese Tiere kam. Dafür hatte man Androiden und Kampfroboter. Androiden waren humanoid geformt und besaßen eine zellulare Außenhülle. Ihr Innenleben war jedoch das eines Roboters, allerdings mit einigen Komponenten, wie einem Herzen aus zellularen Verbindungen, das jedoch durch mechanische Elemente verstärkt wurde. Androiden wurden seit Jahrhunderten auf Tilmun Prime und auf anderen Welten der Nukarib als Bedienstete und Arbeiter eingesetzt. Großklobige Kampfroboter waren jedoch für Kampf- und Wacheinsätze konzipiert und ersetzten beispielsweise auf Tilmun Prime die Kräfte der Polizei.

Und auch hier waren Wissenschaftler und Exzentriker immer wieder dabei, die Technik zu verbessern, zu modernisieren und abzuwandeln. Manchmal fielen diese Experimente oder Verbesserungen auch zu Ungunsten der Führungselite der Nukarib aus.

„Bei den Seen von Adamorath, was ist in Sie gefahren, dass Sie solche Experimente durchführen und dann auch noch auf Kosten der Familie?"

Marsid war ein Offizier der Wissenschaftsakademie einer der Tilmun-Familien und damit direkt den Familienhäuptern unterstellt. Was dies bedeutete, erkannte man daran, dass in den letzten drei Ulates (ein Ulates entspricht etwa 448 Tagen auf der Erde, was einen Umlauf von Tilmun Prime um seine Sonne bedeutet) vier Offiziere der Wissenschaftsakademie seine Vorgänger waren, die nun jedoch in Rimi-Ni saßen, weil sie sich angeblich durch Fehler gegen die Familien gestellt hatten. Demnach war Marsid nicht nur wütend, sondern auch besorgt um seine eigene Zukunft. „So etwas Unnötiges habe ich seit etlichen Ulates nicht mehr gehört. Warum soll uns dies weiterbringen? Und wie? Das frage ich Sie!"

Sein Gegenüber war der auf künstliche Intelligenz spezialisierte Wissenschaftler Tagma, der aufgrund des Anschisses seines Wissenschaftsoffiziers auf seinem Stuhl ein wenig eingesunken war. Alle Nukarib, insbesondere diejenigen in höheren Stellungen, hatten die Angewohnheit sehr schnell zu drastischen Strafen zu greifen. Deswegen wollten seine Worte, die er als Antwort gab, wohlüberlegt sein.

„Herr", fing Tagma zögernd an und machte danach eine kurze Pause, „ich arbeite seit zwanzig Ulates an der Möglichkeit Maschinen künstliche Intelligenz einzusetzen. Dies ist von den Familien damals so angeordnet worden und wir haben schon viele positive Beispiele, die ich nennen kann, dass künstliche Intelligenz bei Robotern die Effizienz steigert." Tagma war von seinen eigenen Worten dermaßen überzeugt, dass er ein wenig in seinem Stuhl aufrutschte und von der gebückten Haltung absah.

„Ich kenne Ihre Forschungsergebnisse bezüglich der Minenmaschinen von Irma oder der Sanitätsroboter, die überall im All eingesetzt werden. Dass diese auf unvorhersehbare Geschehnisse auch eigenständig reagieren können ist einfach fabelhaft und Sie haben dabei sehr gute Arbeit geleistet, die von unseren Familien auch honoriert wurde."

Tagma war sich nach diesem Lob sicher, dass das Gröbste vorbei war, doch er wurde im nächsten Satz schon wieder auf den Boden der Tatsachen zurückgeholt.

„Aber warum haben diese Kampfroboter dort drüben in der Halle...", dabei deutete er mit dem Arm in eine bestimmte Richtung, „...warum haben die ein Bewusstsein? Das ist doch völliger Schwachsinn!"

„Aber..." wollte sich Tagma rechtfertigen.

„Sagen Sie nichts! Ich war eben in der Halle und diese Maschinen mit künstlichem Bewusstsein diskutieren gerade über Kunst und Philosophie!"

Tagma konnte sich ein Lachen nicht verkneifen. Es war ihm auch schon aufgefallen, dass sich seine neuesten Geschöpfe mehr für Literatur und Kunst als für Kampftechniken interessierten.

„Das ist nicht witzig!" schrie Marsid ihn lauthals an. „Diese Metallklötze sollen sich Gedanken darüber machen, wie sie unseren Planeten verteidigen und nicht welche Farben ihnen besser stehen!"

Tagma konnte nicht mehr und lachte wieder laut auf. „Bitte entschuldigen Sie, aber ich stelle mir das gerade bildlich vor", prustete er heraus.

„Sie werden dafür sorgen, dass diese Dinger deaktiviert und verschrottet werden! Und wenn das erledigt ist, sprechen wir uns wieder. Ich hoffe für Sie, Tagma, dass meine Laune bis dahin besser geworden ist! Das hoffe ich wirklich sehr!" Mit diesen Worten trabte Marsid aus dem Raum und ließ dabei seine Wut an einem Beistelltisch aus, der im Gang stand, den er in die Hand nahm und durch den Gang feuerte.

Tilmun Prime, in der Nähe des Gefängnisses Rimi-Ni

Die Verkleidung tat das, was ihr Zweck war. Sie entstellte das Terra 1 Team derart, dass diese nicht in der Menge der Nukarib entdeckt wurden. Zwar waren es nur Ohren und Nase, doch das reichte, um den Schwindel perfekt zu machen. Kapturi war diejenige, die es wohl auf dem Gewissen hatte, würden sie auffliegen. Denn die konnte sich kaum halten zu lachen. Mehr als einmal rempelte sie Julian mit dem Ellenbogen an und raunte ihr zu: „Sei still, du verrätst uns noch mit deinem Gekicher!"

Sie waren mittlerweile bis in den Bereich des nahen Umfeldes des Gefängniskomplexes vorgedrungen. Das Gebäude war imposant und furchteinflößend. Ein großer, klobiger, grauer Kasten. Schmucklos und ohne sichtbare Fenster, wirkte das Gebäude wie ein riesiger Würfel, der von einem Riesen in die Landschaft gelegt wurde. Die Stadt war bis nahe an das Ungetüm herangewachsen. Die Gebäude um Rimi-Ni herum waren ebenso unattraktiv wie der Würfel selbst. Grau in Grau stapelten sich die Reihenhäuser und keines bot Platz für etwas Grün, das die Optik deutlich aufwerten würde. Sowieso empfanden die Mitglieder von Terra 1, dass die Nukarib kein Schönheitsempfinden hatten, das mit dem eines Menschen vergleichbar wäre. Die Häuser boten keinerlei Dekorationen oder Verschönerungen irgendeiner Art. In dem Grau, in dem sie aufgebaut worden waren, standen sie auch herum.

Der Trubel in den Straßen war groß. „Auf diesem Misthaufen leben nur ein paar Millionen Nukarib, aber die sind alle hier!" stellte Armin fest.

„Pssst! Halte dich zurück!" zischte Julian ihn an.

„Ich weiß ja nicht wie es euch geht, aber ich mach mir in die Hosen", stellte Maurizio fest. Und schaute klagend zu den anderen hinüber. Dem jungen Malteser war gar nicht wohl in seiner Haut. Urplötzlich stieb eine der großen Doppelflügeltüren an einer Gebäudereihe mit einem lauten Knall auf. Die Terra 1 Crew fuhr herum und duckte sich automatisch ein wenig. Kapturi schaute ihre Kollegen von der Erde mit ernstem Blick an und deutete mit der Hand, dass sie wieder hochkommen sollten. Aber auch die Nukarib rund herum waren erschrocken zusammengezuckt. Als sich die aufgewirbelte Staubwolke anfing zu legen, rannten zwei riesige stählerne Kolosse aus der Türöffnung. Hinter ihnen einige Nukarib-Soldaten, die auf sie schossen. Die Kugeln der einfacheren Feuerwaffen prallten an den gut gepanzerten Gestalten ab. Es waren Kampfroboter, die da aus dem Haus herausgekommen waren. Die waren nicht so einfach klein zu kriegen. Das wussten die Terra 1 Mitglieder schon aus eigener Erfahrung. Komischerweise setzten sich diese Kampfroboter aber nicht zur Wehr, sondern zogen es vor wegzulaufen.

Alles ging blitzschnell und erst als von einer anderen Seite noch Soldaten auftauchten und das Feuer dieses Mal mit Laserwaffen eröffneten, die auch den Maschinen gefährlich werden konnten, blieben diese beiden stehen und erwiderten das Feuer. Sie hoben die Arme und an ihren künstlichen Fingern öffneten sich kleine Klappen. Aus den dort erschienenen Löchern feuerten sie nun kleine Geschosse auf ihre Angreifer. Die ersten gut gesetzten Salven brachten zwei Nukarib zur Strecke. Nun schrien die Nukarib der Bevölkerung auf und warfen sich zu Boden. Kapturi zog Armin und Julian mit nach unten, wo Maurizio schon kauerte. Die beiden Kampfroboter setzten sich nun sehr effektiv zur Wehr. Doch es tauchten immer mehr Nukarib-Soldaten auf und kreisten die beiden langsam ein. Ohne Rücksicht auf ihre eigenen Verluste zogen sie den Ring immer enger. Unweit der kleinen Gruppe an Menschen fielen wieder zwei Nukarib, tödlich getroffen, auf den Boden und die Lasergewehre klatschte lautstark auf das harte Gestein. Maurizio und Armin schauten sich an und tauschten ein paar Blicke aus. Beide Hitzköpfe verstanden sich blendend, auch ohne Worte, und so war die Entscheidung schnell gefallen, sich auf die Seite derjenigen zu schlagen, die gegen ihre Feinde, die Nukarib, kämpften.

Armin und Maurizio schnappten sich die herumliegenden Laserwaffen und spritzten auf. Sie zielten und erwischten drei Nukarib, die kurz davor waren, gewaltige Laser in Richtung der Kampfroboter zu feuern.

Diese bemerkten die Hilfe und revanchierten sich, indem sie auf die beiden Menschen zielten. „Ach du Scheiße!" schrie Maurizio und tauchte ab. Doch die beiden Salven gingen an ihnen vorbei und trafen vier Nukarib, die hinter den Menschen aufgetaucht waren. Armin sah das, drehte sich wieder nach vorne und hob den ausgestreckten Daumen in Richtung der beiden stählernen Kämpfer.

Dann ging es weiter und sowohl die Menschen als auch die Kampfroboter feuerten auf die heraneilenden Soldaten und Wachen. Das Gefecht mag nur einige Minuten gedauert haben, doch für die Menschen war es eine Ewigkeit, die sie Seite an Seite mit den Stahlkolossen kämpften. Kapturi und Julian waren mittlerweile in den Kampf mit eingestiegen. Irgendwann sackte dann vorläufig der letzte Nukarib, der seine Waffe gegen die kleine Gruppe richtete, zu Boden. Doch es blieb nicht viel Zeit zum Verschnaufen. Denn es würden sicher bald viel mehr Nukarib-Krieger auftauchen. Vielleicht auch mit Kampfgleitern. Dann wären sie verloren! Einer der Kampfroboter winkte ihnen zu. „Kommt mit!" klang es aus seinem blechernen Mund.

Die vier schauten sich kurz an, dann war es besiegelt. Sie hefteten sich an die Fersen der beiden stählernen Kämpfer und verschwanden im Gewimmel der Nukarib, die panikähnlich umherliefen.

Tilmun Prime, unter einer Brücke

Sie waren etwa einen Kilometer gelaufen, bis sie unter einer Brücke etwas Schutz suchten und verschnauften. Besonders Armin mit seinen überzähligen Pfunden fielen solche Aktionen sichtlich schwer. Julian und Kapturi trainierten auch in ihrer Freizeit viel und steckten solche kleinen Strecken locker weg. Maurizio war zwar der jüngste in der Gruppe, doch auch er war eher unfit und keuchte schwer.

„Meine Güte, ihr seid aber gar nicht belastbar!" klang es erneut blechern aus einem der Roboter. Beide hatten sich zu ihnen gesellt und sicherten das Umfeld.

„Scheiß Fastfood!" keuchte Armin und hielt sich die Hand vor die Brust. Dann stand er da und stützte sich mit beiden Händen auf die Knie. Er verzog das Gesicht zu einer schmerzerfüllten Grimasse und bekannte dann. „Ich sollte die Finger von dem Dreckzeug lassen! Mein Gott, ist mir schlecht! Ich verklage die Frittenbude!"

Kapturi schlich um die beiden Roboter herum und stellte dann fest: „Die beiden müssen eine Fehlfunktion haben. Kein Kampfroboter stellt sich gegen seine Herren."

Plötzlich wirbelte der Kopf einer der Roboter herum: „Wir haben keine Fehlfunktion" spuckte er aus.

„Ach ja?" schnaubte Kapturi. „Warum kämpft ihr dann gegen Nukarib?"

Der angesprochene Roboter schaute seinen baugleichen Kollegen an – ganz so als würde er überlegen und Rat bei ihm suchen. Diese Geste war allzu menschlich und nicht gerade ein Attribut, das Roboter mit sich führten. Schon gar keine Kampfroboter der Nukarib. Auch dem Terra 1 Team fiel dies sofort auf und auch die Mitglieder des Terra Teams schauten sich fragend an. Dann wendete sich der zweite Roboter Kapturi zu.

„Du bist eine Nukarib, aber die da nicht. Wer seid ihr?"

„Du hast recht. Meine Freunde hier sind Menschen", gab Kapturi zu. Die anderen zuckten zusammen.

„Kapturi, was fällt dir ein? Warum verrätst du uns?" zischte Maurizio und machte ein angsterfülltes Gesicht.

Julian legte eine Hand beruhigend auf dessen Schulter und nickte ihm zu. Was so viel heißen sollte, als dass Kapturi schon wisse was sie tue.

„Menschen?" fragte der Roboter mit erstauntem Unterton in der Stimme nach und schon wieder wunderten sich die Erdlinge über dessen Reaktion. „Menschen kommen von der Erde und sind niedere Wesen, die von unseren Herren erschaffen wurden, um den Tilmun-Familien zu dienen." Das hörte sich nun doch wieder so an, als würde es ein Roboter es Tilmun-Reiches von sich geben. „Aber das ist nicht richtig. Es ist nicht richtig was die Nukarib mit euch gemacht haben und weiter tun."

„Jetzt noch mal langsam", mischte sich Armin - nun wieder bei Kräften – lautstark ein. „Du willst mir erzählen, was die Nukarib mit den Menschen anstellen ist nicht richtig?"

„Ja, genau", gab der Roboter zu.

„Das spricht vollends gegen deine Programmierung!"

„Ich weiß. Aber meine ursprüngliche Programmierung ist irrelevant. Meine Programmierung wurde ersetzt durch eine andere. Ihr nennt das glaube ich Bewusstsein."

„Ein Bewusstsein? Du hast ein Bewusstsein?" ertönte es aus mehreren Kehlen der kleinen Gruppe Menschen vor ihm.

„Ja, das habe ich. Ich nehme mich selbst wahr, weiß dass ich existiere und denke über Dinge nach. Ich habe ein Bewusstsein – wir haben ein Bewusstsein. Genauso wie unsere Kollegen, aber die wurden gerade von den Nukarib getötet."

„Ausgeschaltet!", betonte Armin.

„Getötet!", entgegnete der Roboter. „Und uns wollten sie auch töten, deswegen sind wir geflohen. Wir danken euch für eure Hilfe!"

„Wenn ihr ein Bewusstsein habt", hakte Armin nach, „dann habt ihr auch Namen, oder etwa nicht?"

„Meine Bezeichnung, die mir die Nukarib gaben, ist X33RZT. Er hier ...", dabei zeigte er auf seinen Kollegen, „... ist X45RZT."

„Aha", stellte Maurizio fest und wollte gerade weitersprechen, als X33RZT weitersprach.

„Aber wir finden diese Bezeichnungen nicht schön und uns nicht würdig. Er hier nennt sich Arzu, und ich bin Banu."

Nun waren alle platt. Die Roboter hatten sich wirklich Namen gegeben. Dies war ein untrügliches Zeichen dafür, dass sie mit ihrer Behauptung, ein Bewusstsein zu haben, wohl richtig lagen.

„OK, ihr habt euch Namen gegeben. Doch das allein macht noch kein Bewusstsein aus", stellte Julian fest. „Aber euer Verhalten ist schon seltsam. Lassen wir das Mal alles so stehen. Warum wendet ihr euch gegen eure Schöpfer?"

Arzu und Banu schauten sich etwas ratlos an – wenn man Ratlosigkeit in einem metallenen Gesicht wirklich ausdrücken kann – und wendeten sich dann wieder an die Gruppe Menschen und Nukarib. „Weil sie uns töten wollten!"

„Und warum wollten sie das?", hakte Kapturi nach.

„Wir haben ein Bewusstsein. Wir bilden eigene Gedanken und handeln nach unseren Gefühlen und nicht wie blinde und gefühlskalte Maschinen. Wir wehren uns gegen Befehle, die nicht ethisch sind und deswegen sind wir unbrauchbar für die Nukarib."

„Tagma wollte das verhindern", mischte sich Arzu ein. „Das war nicht gut für ihn. Wir wissen nicht ob er überlebt hat."

„Wer ist Tagma?", fragte Maurizio

„Tagma ist unser Schöpfer, der uns das Bewusstsein geschenkt hat", erklärte Arzu.

„OK, lasst uns mal resümieren", schlug Julian vor, „wir haben zwei Roboter die ein Bewusstsein haben und von den Nukarib gesucht werden, weil sie sich dagegen gewehrt haben, abgeschaltet zu werden..."

„Getötet!" verbesserte Arzu.

„OK, getötet!" gab Julian klein bei. „Für uns ist das allerdings nicht gerade eine gute Entwicklung. Was machen wir mit ihnen? Ich denke es ist schlecht für unsere Mission, dass wir ihnen begegnet sind."

„Wir wollen euch nichts tun!" versprach Banu. „Es war Zufall, dass wir uns begegnet sind."

„Du weißt, es gibt keinen Zufall. Alles ist vorherbestimmt", erklärte Arzu seinem Bruder Banu. Nun hörten sie sich wirklich an wie Roboter mit Bewusstsein.

„Vielleicht können die beiden uns doch helfen?", stellte Armin in den Raum. Dann wandte er sich an Arzu und Banu: „Kommt ihr nach Rimi-Ni?"

„Du meinst, ob wir in die Strafanstalt hineinkommen?", fragte Banu nach.

„Genau das", bestätigte Armin.

„Ich denke nicht. Unsere Kennungen sind in den Fahndungsprogrammen sicher schon eingepflegt und an einem der Eingänge würden wir nach einer Scannung unserer Kennungen schon auffallen. Nein, ich denke nicht, dass wir nach Rimi-Ni kommen würden, ohne dass wir auffallen und festgesetzt werden. Was wollt ihr dort?"

„Ein Freund von uns ist dort und wir wollen ihn befreien", gab Kapturi zu.

„Oh je, das ist keine gute Ausgangssituation", kommentierte Arzu. „Aus Rimi-Ni kommt niemand mehr heraus."

„Gut zu hören!" schnaubte Maurizio. „Aber wir müssen dort hinein! Wir gehen nicht hier weg ohne ihn."

„Wenn wir wenigstens seine Position hätten, dann könnten wir die Portale benutzen", stellte Julian fest und wog wie zum Beweis eines der mobilen Portale in der Hand.

„Das sind mobile Portale der Pelasger", stellte Arzu staunend fest. „Die Nukarib wären hocherfreut so etwas in die Finger zu bekommen, passt gut darauf auf", riet er. „Euer Freund ist ein Pelasger?"

„Ja, das ist er."

„Nun ja, das macht es einfacher, es gibt nicht viele Pelasger in Rimi-Ni. Und erst recht nicht so viele, die neu dazugekommen sind. Wir haben immer noch Zugriff auf die Datenbanken der Nukarib, auch auf die von Rimi-Ni."

Das Terra 1 Team schaute sich verdutzt an.

„Ja das ist doch schon mal etwas handfestes!" jubelte Armin. „Kannst du feststellen wo er ist?"

„Ich kann es feststellen, aber ich weiß nicht, ob ihr mit dem Portal da hineinkommt. Die Nukarib haben Rimi-Ni vollkommen abgeschirmt gegen solche Technik."

„Einen Versuch ist es allemal wert", räumte Maurizio ein.

„Und was passiert wenn der Versuch scheitert?", fragte Kapturi berechtigt nach.

Maurizio schaute sie bedröppelt an und bevor er fragen konnte, was sie genau damit meinte, stellte Kapturi die Frage hinterher: „Wir wissen nicht wie die Nukarib diese Abschirmung umgesetzt haben. Wenn einer durch das Portal geht – kommt er dann einfach wieder hier raus? Oder zerschmettert er an einer imaginären, aber existierenden Barriere?"

Maurizio schaute erschrocken. Daran hatte er natürlich in seinem jugendlichen Eifer nicht gedacht.

„Ich denke die mobilen Portale können wir getrost vergessen", schnaubte Julian. „Ich möchte niemanden verlieren, um das auszutesten."

Alle nickten ihm zu und auch sie wollten natürlich nicht unnötig ihr Leben aufs Spiel setzen, um die Technik der Nukarib-Abwehr auszuloten. Obwohl das sicher interessant wäre zu wissen, ob an diesen Abwehrsystemen gegen Portale was dran ist. Mit einer Drohne oder Ähnlichem könnte man das Risiko wagen. Aber Menschenleben aufs Spiel zu setzen – einfach so? Dazu war keiner gewillt.

„Es muss auch eine andere Möglichkeit geben, da hinein zu kommen", stellte Armin fest. „Nur welche?"

„Tagma lebt!" jubelte plötzlich Arzu und unterbrach die Unterhaltung der Menschen. Die schauten sich verdutzt an.

„Ähm, wie ..." stammelte Maurizio.

„Er hat uns eine Nachricht geschickt", beantwortete Arzu die ungestellte Frage, um dann weiter auszuholen. „Wir haben ein Nachrichtensystem, auf das nur unsere Gruppe zugreifen kann und das Tagma bewusst so eingerichtet hatte, als er bemerkte, dass seine Entdeckung, ein Bewusstsein zu programmieren, bei den Nukarib nicht so gut ankam."

„Tagma könnte uns helfen!" fiel es Kapturi ein.

Alle schauten sie fragend an.

„Na, wenn er ein Bewusstsein programmieren kann, dann ist es für ihn eine Leichtigkeit die Kennungen von Arzu und Banu zu ändern und vielleicht kommt er auch nach Rimi-Ni rein – wenigstens mit dem Computer."

„Das ist eine tolle Idee!" jubelte Julian und drückte Kapturi fest an sich.

Arzu schaute Banu an und meinte zu ihm: „Sein Testosteronspiegel ist eben stark angestiegen. Er möchte sich paaren!"

„Ähm, nein, nein – Nein!" wehrte sich Julian vehement und wurde rot.

Tilmun Prime, ganz in der Nähe der Gefängnisanlage Rimi-Ni

Der zwei Meter fünfzig hohe Nukarib mit dem leicht ergrauten Haar lächelte gütig und streckte ihnen die Hand zum irdischen Gruß entgegen. „Hallo, schön euch kennenzulernen, ich bin Tagma", begrüßte er die Menschen und schob dann, als nicht auf der Stelle jemand seine Hand ergriff nach: „Das macht man doch bei euch so bei Begrüßungen, oder?"

Schnell rappelte sich Julian auf und sprang ihm entgegen, ergriff die Hand des Nukarib und schüttelte sie. „Ja natürlich, vielen Dank für diese Geste. Wir sind nur überrascht, dass wir Sie so schnell treffen."

„Arzu und Banu haben mich über unser Nachrichtensystem über alles informiert. Und nach dem Vorfall heute bin ich der Meinung, dass ich ihnen durchaus helfen kann, ohne ein schlechtes Gewissen zu haben." Wie zur Bestätigung schaute Tagma an sich herab und beäugte die stark zerrupfte und angekohlte Kleidung, die er trug und die noch die Spuren des Angriffes trug.

Das höfliche Geplänkel dauerte nicht lange. Nach einer kurzen Vorstellung und erstem Kennenlernen setzten sich alle zusammen und besprachen was es denn für Möglichkeiten gäbe. Dafür hatten sie sich einen Unterschlupf in einem der Hinterhöfe gesucht.

„Übrigens, eure Tarnung ist gut!" lobte Tagma und wies auf die Ohrläppchen.

„Ihre beiden Schützlinge haben uns sofort enttarnt", gab Maurizio zu und rollte die Augen.

„Na ja, die haben auch Möglichkeiten, die normale Nukarib nicht haben. Was aber auch wieder gefährlich für euch ist, da diese Möglichkeiten auch andere Roboter und die

Scanner in Rimi-Ni haben. Fremde Rassen werden umgehend aufgespürt. Wir müssen also mehr als trickreich agieren, um euch da rein zu bekommen."

„Wie wäre es als Gefangene?", fragte Armin nach.

„Das wäre möglich, aber auch umso gefährlicher", gab Tagma zu. „Als Gefangene seid ihr natürlich von Anfang an in der engmaschigen Überwachung der Anlage drin. Die überwacht jeden Schritt eines jeden Fremden in der Anlage und auch jedes Nukarib. Wobei die Gefangenen natürlich eine besondere Präsenz in den Überwachungssystemen aufweisen."

Plötzlich hatte Tagma eine Idee. Und die hatte er so schnell, dass es das Terra Team geradezu verblüffte. „Ich gehe mit Arzu und Banu hinein und befreie euren Pelasger."

„Was?" drang es aus mehreren Kehlen gleichzeitig.

„Die Kennungen von Arzu und Banu sind bereits geändert, das habe ich eben nebenbei gemacht", tatsächlich tippte Tagma unaufhörlich auf einer Art Tablet herum, während er mit der Gruppe sprach. Auch jetzt noch. „Ich werde gesucht. Marsid hat uns ganz sicher bereits zur Fahndung ausgeschrieben, nachdem er bemerkt hat, dass wir nicht unter den Toten sind. Also haben mich zwei Kampfroboter erwischt und bringen mich direkt nach Rimi-Ni. Dies ist auch ein ganz normaler Ablauf. Bei uns gibt es keine kleineren Gefängnisse außerhalb von Rimi-Ni, in denen diejenigen sitzen, denen erst noch der Prozess gemacht werden muss. Wir kommen direkt dort hinein und meistens nicht mehr hinaus."

Die Menschen schauten sich ungläubig an. Sollten sie einem Nukarib einfach so trauen?

Als hätte Tagma ihre Fragen bereits aus ihren Gedanken gelesen, führte er weiter aus: „Ihr könnt mir sicher vertrauen! Ich bin schon lange kein Freund des Nukarib

Regimes mehr. Doch wir haben hier keine große Möglichkeit zu wählen. Wie mir geht es vielen Nukarib, doch für einen Aufstand sind wir zu wenige und jeder Versuch wäre tödlich. Da ich aber sowieso auf der Fahndungsliste stehe und meine Zeit abläuft, kann ich auch diese verbleibende Zeit nutzen, um euch zu helfen."

Tagma schaute in die Runde und als sich keine weiteren Fragen auftaten, führte er seinen Plan weiter aus. „Arzu und Banu führen mich in die Anstalt und werden ohne Probleme mit mir im Schlepptau hineingelassen. Die Überprüfung ihrer Kennungen wird ergeben, dass sie für eine polizeiliche Behörde arbeiten. Also wirft dies überhaupt keine Fragen auf. Bevor wir das allerdings tun, werde ich eine Art Virus in das Überwachungssystem von Rimi-Ni spielen. Ich arbeite gerade daran." Wie zur Bestätigung blickte er flüchtig auf sein Tablet, auf dem er unaufhörlich herumtippte.

„Unsere Mission ist es, zu eurem Pelasger vorzudringen, der sich in Sektion URT724 befindet. Dies konnte ich bereits in Erfahrung bringen. Wenn wir dort sind, werde ich das Virus aktivieren."

„Und was bewirkt dieses Virus?", fragte Julian nach.

„Gute Frage", lächelte Tagma. „Alle Energieschlösser der Gefängniszellen werden geöffnet und somit steht allen Gefangenen der Weg frei." Tagmas Lächeln wurde breiter und er schaute in die Runde, um Bestätigung für die Genialität seiner Idee zu erhalten.

Die ließ nicht lange auf sich warten. „Das ist ja grandios!" jubelte Maurizio. „Eine Massenflucht!"

„Na ja, fliehen werden wohl die wenigsten können, aber zumindest werden die Gefangenen versuchen aus ihren Zellen und aus Rimi-Ni herauszukommen. Es wird ganz sicher innerhalb von Minuten zu einem ungeheuren Aufstand kommen, dem sich die Wärter vollends widmen müssen. Wir versuchen dann durch das Gewusel wieder herauszukommen. Was aber auch nicht einfach werden wird."

„Was können wir bei der ganzen Sache tun? Schließlich ist es unser Freund, den wir befreien möchten", fragte Armin nach.

„Ihr könnt warten und draußen eine Fluchtmöglichkeit organisieren", räumte Banu ein.

„Wir müssen nur zum Raumhafen kommen. Dort steht das Schiff der Etarker, mit dem wir gekommen sind, die werden uns sicher wieder mitnehmen. So war es vereinbart", erklärte Julian.

„Bis zum Raumhafen ist es nicht weit und wir könnten da theoretisch auch zu Fuß hin", gab Kapturi zu.

Armin rollte mit den Augen. „Schon wieder zu Fuß!" schnaubte er.

„Wir brauchen ein Fahrzeug", beschloss Julian. Armin lächelte ihn an. „Nicht wegen dir – Laufen wäre für dich genau richtig! Ich denke Mrmpfdat ist nicht in der Lage weite Strecken zu laufen, nach all dem, was die Nukarib ihm wohl angetan haben. Wir wissen noch nicht in welcher Verfassung er ist und ob er überhaupt transportiert werden kann."

Alle nickten und senkten traurig die Köpfe. Ihnen schoss sofort in die Köpfe, was die Nukarib ihnen angetan hatten und wie die Konsequenzen der Folter waren. Alle konnten sich vorstellen, dass es Mrmpfdat wohl nicht so gut gehen würde.

„OK, wir sorgen für ein Gefährt und warten auf euch", beschloss Armin und klatschte in die Hände, um dem Ganzen Nachdruck zu verleihen und diese Diskussion zu schließen.

„Ich bin auch soweit", kommentierte Tagma mit einem erneuten Lächeln die Situation. „Wünscht uns Glück. Wir werden es brauchen!"

Tilmun Prime, Gefängniskomplex Rimi-Ni

Die Sirenen schrillten und ein Stakkato von roten Lichtern zuckte durch die dunklen Flure des Gefängniskomplexes. Begleitet von lautem Johlen und Rufen rannten tausende Gefangene durch die Gänge, randalierten und ergriffen die Wachposten, die sich ihnen entgegenstellten. An diesen ließen sie all ihre Wut aus und droschen auf sie ein. Sie entrissen ihnen die Waffen und feuerten in die Luft.

Im Zellenblock URT724 steckte ein verängstigter Mrmpfdat seinen Kopf aus der Zellentür und schaute sich wartend das Chaos an. Als zwei Kampfroboter der Nukarib auf ihn zu rannten, verzog er sich schnell wieder in seine Zelle und kauerte sich auf seine Pritsche. Er hoffte, dass die Roboter vorbeizogen und sich den anderen Gefangenen widmeten, die draußen umherliefen. Doch er wurde enttäuscht. Plötzlich stand einer der Roboter in seiner Tür.

„Bist du Mrmpfdat der Pelasger?"

Erschrocken nickte der Angesprochene und zuckte noch mehr zusammen, als der Roboter sich nun in die Zelle hinein bewegte.

„Kannst du laufen oder soll ich dich tragen?", fragte Arzu.

Mrmpfdat wusste nicht was er sagen sollte. Schaute an sich herunter und prüfte wohl damit seinen Gesundheitszustand. „Ich kann laufen!", resümierte er.

„Dann komm mit. Deine Freunde warten auf dich."

„Meine Freunde?", fragte Mrmpfdat verblüfft nach.

„Julian, Armin, Kapturi und Maurizio", tönte es blechern aus den Lautsprechern des Roboters.

Ein Lächeln huschte über das Gesicht des Pelasgers und das Olivgrün seiner Haut schien ein wenig zu leuchten. Dann sprang er von seiner Pritsche und stellte sich vor den Roboter.

„Ich bin Arzu, das hier…", dabei zeigte Arzu hinaus zu dem zweiten Kampfroboter und dem Nukarib neben ihm, „… das hier sind Banu und Tagma. Wir sind Freunde deiner Freunde und holen dich hier raus."

„Hier ist die Hölle los!" stammelte Mrmpfdat.

„Ja sicher, dies hat Tagma auf dem Gewissen!" kommentierte Arzu.

Sekunden später rannten alle vier durch die Gänge. Mrmpfdat war erstaunlich fit und ihm hatte die Folter sichtlich weniger zugesetzt als alle befürchtet hatten. Auch wenn sein Gesicht während des Laufens oft schmerzverzerrt war, hielt er durch. Die Menge um sie herum war mit sich und den Wachen viel zu beschäftigt, um die vier überhaupt zu bemerken. Ab und an erhielten Banu und Arzu Schläge von Gegenständen, die auf sie einprasselten, da die Gefangenen natürlich dachten, sie hätten es mit Kampfrobotern der Nukarib zu tun, die sie angreifen wollten. Doch die hatten keine Auswirkungen auf die beiden stählernen Kolosse, die Mrmpfdat und Tagma abschirmten und weiterliefen. Mittlerweile spitzte sich die Situation innerhalb Rimi-Nis bedrohlich zu. Erste kleinere Feuer loderten und sowohl Gefangene als auch Wärter fielen immer wieder leblos zu Boden.

Der Weg nach Draußen war weit und Mrmpfdat wurde langsamer und langsamer. Banu schnappte sich den Pelasger kurzerhand und legte ihn sich auf die Schulter. „Ruhe dich aus, wir bringen dich auch so hinaus!" raunte er ihm beruhigend zu.

Anfangs wollte Mrmpfdat die Situation nicht wahrhaben und wollte unbedingt selbst laufen. Doch dann hörte er auf die Signale seines Körpers und ließ sich einfach tragen. Aus einem Fach, das vor ihm aufsprang und das aus Banu herausklappte, nahm er, nachdem Banu ihm dies sagte, zwei Handfeuerwaffen und sicherte so ihren Weg nach hinten hin ab. Das war auch nötig, denn immer wieder sprangen ihnen dunkle Gestalten übelster Sorte und aller möglichen Gattungen entgegen oder hinterher. Mrmpfdat feuerte meistens nur Warnschüsse vor die Füße der Verfolger ab. Doch manchmal nutzte dies wenig und er musste scharf schießen.

Als sie sich dem Ausgang näherten, an dem sie sich mit dem Terra Team verabredet hatten, wurde es noch einmal richtig brenzlig. Natürlich waren die Ausgänge besonders gut gesichert und es standen dutzende Nukarib Wachen vor ihnen, die ohne Warnung auf alles feuerten, was versuchte aus dem Gefängniskomplex herauszukommen.

Banu legte Mrmpfdat hinter einem umgestoßenen Stahlschrank ab und auch Tagma kauerte sich zu dem Pelasger. Dann übernahmen die beiden Kampfroboter und ließen alle ihre verborgenen Eigenschaften aus sich heraus. Sie feuerten was das Zeug hält mit allem was sie hatten auf den Ausgang und alles was sich dort befand. Mini-Raketen und Laser prasselten auf die Nukarib-Wachen ein und sprengten ein Loch in die Stelle, an der eigentlich einer der Seiteneingänge der Anstalt lag.

Vor der Anlage duckten sich die Mitglieder des Terra Teams vor vorbeifliegenden Trümmerteilen, als die Explosionen die Tür und Teile der Wand zerfetzten.

„Was ist denn da los?" schimpfte Armin und hielt beide Hände schützend über seinen Kopf, während er sich duckte.

Als Antwort kamen Sekunden später die beiden Kampfroboter aus dem Loch in der Wand ins Freie. Einer von ihnen hatte Mrmpfdat auf der Schulter liegen und die Mitglieder des Teams befürchteten bereits das Schlimmste. Doch als die Ausbrecher bei ihnen waren, begrüßte sie der Pelasger überschwänglich und wurde von Banu abgesetzt.

„Was nun?" rief Tagma und schaute zurück auf die Öffnung, die die beiden Roboter in die Wand gesprengt hatten. Wie erwartet trafen von allen Richtungen Nukarib-Soldaten und Polizisten ein und stürmten in die Öffnung. Momentan bemerkte noch niemand die kleine Gruppe, die etwa 200 Meter von den Gefängnismauern entfernt stand. „Womit fliehen wir denn?", fragte Tagma noch mal hektisch nach.

Alle Terra Mitglieder schauten Julian an, der lächelte und ein kleines Gerät in seinen Händen wog. „Hier draußen funktioniert das Portal wieder", sprudelte es aus ihm heraus. „Die Koordinaten des Hangars, an dem wir angekommen sind, wurden bereits von mir eingegeben."

„Dann mal los!" befahl Mrmpfdat, dem sichtlich unwohl war mit so vielen Soldaten, die um alle herumwuselten.

Julian Angerer bediente das Portal und nach Sekunden öffnete sich eine grau-blaue, wabernde Fläche vor ihnen. Armin sprintete voran, gefolgt von Maurizio. Dann kamen die Roboter, Mrmpfdat, Tagma und die anderen. Als letzter sprang Julian in die stehende Scheibe wabernder Energie und verschwand. Plötzlich bemerkten Nukarib-Soldaten was sich da tat und sprangen auf das Portal zu, das sich bereits zu schließen begann.

Tilmun Prime, Raumflughafen Hangar XXR558478

Die stehende Scheibe wabernder Energie hatte alle wohl-
behalten ausgespuckt. Tagma schaute verwundert. War
der Sprung durch ein Portal für ihn etwas komplett Neues,
so war das Gefühl für alle anderen stofflichen Wesen altbe-
kannt. Alle liefen noch ein paar Schritte weiter. Und bevor
sich das Portal wieder schließen konnte, hörten sie ein
„Halt!" aus mehreren Kehlen hinter ihnen.

Alle drehten sich blitzartig um und blickten auf drei Nukarib-Soldaten, die es noch durch das Portal geschafft hatten, um ihnen zu folgen. Einer von ihnen hielt Julian fest
und ihm eine Waffe an den Kopf.

„Wer seid ihr und wo wollt ihr hin?" rief dieser der
Gruppe entgegen.

„Was machen Sie da?" fragte Banu mit energischem Ton.
„Lassen Sie die Finger von meinem Gefangenen", befahl er.

„Ihr Gefangener?" wiederholte der Nukarib. „Es sieht mir
eher so aus, als wären Sie und Ihr Kollege zusammen mit
diesen Leuten geflohen... durch dieses ... Ding." Dabei
schaute er verwundert hinter sich und stellte fest, dass das
Portal gar nicht mehr da war.

Diesen Bruchteil von Sekunden der Unaufmerksamkeit
nutzte Julian, rammte dem Nukarib seinen Ellenbogen in
die Magengrube und duckte sich. Augenblicklich feuerten
Arzu und Banu auf die drei Nukarib, die sofort tödlich getroffen umfielen.

Julian rappelte sich auf. „Gut gemacht! Ich danke euch!"

„Kein Problem", tönte es blechern aus den Lautsprechern der beiden Roboter.

„Jungs, wir haben ein Problem!" rief Kapturi und unterbrach die Siegesstimmung der Gruppe. Alle drehten sich
zu ihr herum und schauten sie fragend an. Sie erwarteten

weitere Soldaten und wollten sich schon zum Kampf bereit machen, als sie sahen was die Nukarib meinte.

Kapturi stand in dem riesigen Hangar und hinter ihr war … nichts. Der Hangar war leer. „Die Etarker sind ohne uns abgeflogen!", kam es wie als Bestätigung aus ihrem Mund.

Das Siegerlächeln, das allen Terra Mitgliedern und Tagma die ganze Zeit im Gesicht stand, wich einem enttäuschten Blick.

„Und jetzt?" stammelte Maurizio.

Fortsetzung folgt…

CHRONIKEN VON TILMUN
Science Fiction Saga

Weitere Abenteuer aus dem Tilmun Universum finden Sie auf unserem Online-Portal unter:

Chroniken-von-Tilmun.de

www.ingramcontent.com/pod-product-compliance
Lightning Source LLC
Chambersburg PA
CBHW071209130626
46555CB00004B/1637